Bambino a Roma

Bambino a Roma

FICÇÃO

Chico Buarque

COMPANHIA DAS LETRAS

Para miss Tuttle

I.

Agarrado à bola de futebol, olhei para trás ao sair de casa na Rua Haddock Lobo 1625, São Paulo, assim que partiu o caminhão de mudança. Vendo a casa tão vazia, com manchas de mobília no chão e de quadros na parede, entendi que a ausência seria longa, talvez para sempre. Zarpamos do Rio, e no convés do Giulio Cesare passageiros se abraçavam e brindavam vendo a cidade se afastar na baía de Guanabara. Eu não olhava a baía, mas sim a espuma que o transatlântico fazia no mar, como que desarranjando o caminho de volta. Durante duas semanas num oceano sem fim, havia muita festa a bordo e jogos no tombadilho, mas se me perguntarem do que mais me lembro, direi francamente que só me lembro de um mar de vômito. Vomitei no mar, no tombadilho, na piscina, no camarote de segunda classe, vomitei amarelo na toalha do restaurante, vomitei no sapato do garçom, eu vomitava os remédios e vomitava em cima do meu vômito com nojo de mim.Vomitei do Rio a Gênova com escalas nauseantes em portos que mal vi, na certeza de que aquele gosto nunca mais ia sair da minha boca. Devia ser ansiedade, pois quando me mostraram ao longe o porto de Gênova, meio que adormeci em pé. Sonâmbulo, não me lembro do cais, do trem, das luzes de Roma, era como se o navio tivesse atracado feito um táxi na porta de casa,Via San Marino 12.

Ao rés do chão de um prédio amarelo de quatro andares, o apartamento 2 era antiquado, sombrio, e estava gelado porque tinham se esquecido de ligar a calefação. Minha mãe explicou que o país saíra empobrecido da guerra, terminada poucos anos antes. Ela relutava em matricular os filhos nas escolas italianas, onde havia muita greve e o ensino era atrasado em relação ao nosso. Não era por isso que meu pai vinha dar aulas na Itália, mas na verdade nunca me explicaram direito o motivo da nossa viagem. Estava tudo confuso na minha cabeça, endereços se misturavam nos meus sonhos, e mesmo acordado permaneci num ambiente de sonho por um bom tempo. Estranhos entravam e saíam de casa carregando malas, arrastando baús, consertando torneiras, trocando lâmpadas e resmungando palavras que me soavam a xingamentos.Todos os cômodos eram revestidos com papel de parede, o telefone era de parede, móveis e quadros não eram os nossos, havia famílias de desconhecidos nos porta-retratos, minha cama parecia a de um velho, de madeira pesada, escura, e cabeceira alta quase até o teto. Porque no estrangeiro é tudo estranho, assim falou uma das crianças, e o dito lá em casa virou mote. Eu não estranhava a língua nova ou a cidade antiga, para tudo isso já estava ensinado. Estranho, estranho mesmo era alguma coisa que eu não via, uma coisa que faltava em toda parte, e de noite eu perdia o sono matutando nisso; era dessas adivinhas difíceis de decifrar e que quando decifra a gente exclama: é claro! Era estranho ver no bonde tantos homens de muletas? Sim, mas não era a isso que eu me referia. Era estranho ver na feira tantas mulheres de luto fechado? Sim, mas não era disso que se tratava. Era um pouco estranho não ter feijão com arroz, mas logo tomei gosto pelas massas que a cozinheira servia todo dia no almoço.

    Essas cozinheiras não paravam no emprego, elas se sucediam rapidamente e vinham todas da Sardenha. Eu gostava delas, mas sempre gostava mais da que fora despedida ou pedira as contas. E assim que eu me habituava ao macarrão da cozinheira de turno, ela era trocada por outra, mal me dando tempo de decorar seus nomes. Eu sentia falta da anterior, e da anterior à anterior, e daquela, e da segunda, e da primeira, e da anterior à primeira, a que ficara no Brasil. Igual àquela não havia outra, era ela que estava no começo de tudo, não me lembro de mim antes dela. Acho que se chamava Aparecida e preparava o melhor feijão-preto de São Paulo; era uma preta muito preta e bonita, e além de cozinhar lavava as roupas, pendurava e passava as roupas, e também lavava as louças e varria os quartos e arrumava as camas e regava as plantas e esfregava os chãos. Às vezes, quando eu pressentia que ela ia entrar no meu quarto, mais que depressa me despia e ficava por ali como um sonso. Era uma compulsão irresistível, era um prazer por dentro que eu sentia em saber que por um instante ela me via nu. Isso nunca aconteceu com as arrumadeiras italianas, nunca me mostrei pelado para elas, talvez porque fossem meio gordinhas, com buço. Andando pela cidade, sim, vi muita mulher bonita, só que nenhuma a ponto de me dar aquela nervosia de querer tirar a roupa. Com exceção da professora de italiano do meu pai, mas disso prefiro não falar aqui. O que me pegava na Aparecida não era exatamente a beleza, mas um não sei quê, era quem sabe um jeito de corpo quando ela andava no corredor. Aliás, não sei como demorei tanto a me dar conta de que não havia gente preta na Itália. Nada podia ser tão estranho quanto isso.

2.

Foi na escola americana, em Roma, que mister Welsh passou a mão na minha bunda. Ou melhor, em bom inglês, mister Welsh usava passar a mão na minha bunda, no tempo em que eu ainda vacilava no emprego do passado contínuo. Eu tinha uns nove anos e estranhava um pouco aquele cacoete do professor, mas em todo caso não me opunha a que ele me passasse a mão a gosto. Não foi logo de primeira, mas na segunda ou terceira vez que me debrucei à sua mesa ele inventou de me bolinar por dentro da calça com a mão esquerda, enquanto com a direita corrigia a lápis minha redação. Apesar das minhas pequenas faltas gramaticais, ele apreciava bastante os meus textos, que nada deviam aos dos meus colegas anglófonos de nascimento. Eu era o único latino da classe, onde predominavam alunos americanos com um ou outro inglês, sendo irlandês o próprio mister Welsh. Em algum momento, porém, começou a me incomodar aquela mão suada descendo mais e mais pelo meu rego. Aquela umidade de repente me pareceu pecaminosa, tanto quanto seu modo dissimulado de agir por trás da mesa, fora da vista dos alunos que faziam o dever em suas carteiras. Um dia decidi deixar de procurá-lo, acreditando que a qualquer momento ele me chamaria de volta. Mas não, mister Welsh agora passava os ditados sem me olhar na cara, às vezes pulava meu nome nas chamadas de presença e atendia demoradamente outros alunos à sua mesa.

Por essa época dei de matar as aulas de inglês para brincar nos jardins da escola, onde construía casas de bambu com meu amigo Kazuki. Também estendia meu tempo de recreio a fim de jogar beisebol, já que para o futebol faltava quórum. Sem contar que havia vida além dos muros da escola, havia as fontanas da cidade, havia vespas e lambretas, havia o cine Rex, havia Alida Valli, havia Carlo, havia Hi-Lili, Hi-Lo, havia Sandrene, havia a carranca de Pio XII, havia a signorina Grazia, havia Graziella. Mil camadas de lembranças da infância foram se sobrepondo na minha mente, e só setenta anos mais tarde, por algum trabalho de escavação errática, me emergiu da poeira a figura satisfeita de mister Welsh com suas bochechas vermelhas. Essa minha história com ele eu não cogitava contar a ninguém, tinha pudor. Eu tinha medo de pegar fama de bicha, mas agora já me disponho a incluir o caso num eventual livro de memórias. Com passagens assim picantes, é possível que o livro seja publicado com sucesso, quem sabe até traduzido para o inglês. Só acho uma lástima que, a essa altura, mister Welsh com certeza já terá morrido, perdendo a chance de ler seu nome no livro de um autor brasileiro em cuja bunda lisa de menino ele gostava de passar a mão. Mas talvez ele tenha deixado filhos, netos, bisnetos, uma prole respeitável que minha editora inglesa será capaz de localizar, para enviar uns exemplares como cortesia. Também pode ser que o livro interesse a algum leitor octogenário como eu, outro ex-aluno que haverá de se lembrar de um professor irlandês da Notre Dame International School em Roma. Um filho de diplomata americano ou de executivo inglês que porventura também se lembre de ter empinado a bunda para mister Welsh passar a mão.

3.

Não sei se eram os casacões de lã que sobravam em nós, ou as calças de golfe que estavam fora de moda. Antes da viagem, minha mãe tratara de comprar nossas roupas de inverno, que estariam mais em conta no Brasil. Deve ter sido em alguma liquidação, ou numa loja onde dessem desconto para três números diferentes do mesmo modelo. Mas aqui, quando eu saía com meus dois irmãos mais velhos, outros meninos nos apontavam na rua, quando não nos seguiam falando coisas e dando risada. Não era da língua estrangeira que debochavam, porque nós três mal abríamos a boca, irmãos nunca têm o que se falar. Podia ser o corte de cabelo, ou as botinas de camurça, ou o jeito de caminhar, não importa, o certo era que no estrangeiro os estranhos éramos nós. Então comecei a sair sozinho, notando que muitos meninos mais estranhos do que eu passeavam despercebidos por aí, desde que não acompanhados de uma família estranha. E o que me restava de estranheza logo se diluiria se eu me misturasse com outros meninos da terra.

Coppi, eu já não podia ignorar quem era Fausto Coppi, o maior ciclista de todos os tempos. Porque no começo pensei que *coppi* fosse tampinha de garrafa em italiano. À beira do laguinho, no caminho de seixos da Villa Paganini, os garotos tinham sulcado uma pista sinuosa de terra que simulava um trecho do Giro d'Italia, a volta da Itália em bicicleta. Mediante um peteleco, cada um fazia rodar em pé sua tampinha, à qual dava o nome de um ciclista famoso. O primeiro da fila, logicamente, escolheu Coppi, e era mesmo um campeão. Fez sua tampinha de Coca-Cola disparar na reta inicial, descrever duas curvas à direita e à esquerda, subir uma lombada, descer uma rampa e cair deitada a apenas quatro palmos da linha de chegada. Tinha praticamente garantido a vitória daquela etapa, pois os competidores seguintes, com tampinhas de soda ou gasosa e nomes de ciclistas franceses ou belgas, atingiram no máximo a segunda curva. Eu era o último da fila e tinha acabado de catar no chão uma tampinha de cerveja Peroni com a borda toda retorcida, como que aberta com os dentes; sem conhecer ciclista algum, me deu na telha batizar minha tampinha de Caramuru. Minha perícia no futebol de botão de pouco me valeria, mas na hora H me surpreendi com a potência do meu peteleco. Por causa da sua deformidade, Caramuru parecia um ciclista bêbado, porém mesmo cambaleante superou a reta, as curvas, a lombada, a rampa e só caiu porque Coppi estava atravancando seu caminho. Tropeçou, oscilou e por fim se deitou em cima do Coppi, cujo dono demonstrou pouco fair play. Pegou minha tampinha, atirou no meio do lago e bradou: *Caramuro non esiste!*

Como italianos não frequentavam minha escola, era fora dela que eu me adaptava ao país. E não era difícil fazer sucesso com garotos da minha idade sendo o proprietário de uma bola de couro da marca Drible número 5, presente de Natal da minha madrinha no Brasil. Após alguns mal-entendidos, consegui convencer a turma da Villa Paganini de que a bola me fora presenteada por Ghiggia, ele mesmo, o craque uruguaio que acabava de ser contratado pela Roma. Sim, a bola pertencera ao meu padrinho Ghiggia, que com ela fez o gol da vitória do Uruguai contra o Brasil na final da última Copa do Mundo no Maracanã. No pequeno gramado do parque ensinei-os a marcar as traves com os casacos e teve início uma pelada de quatro contra quatro. Os italianos eram meio grossos e aquele da tampinha Coppi por pouco não isolou a bola no laguinho. E quando ele me acertou uma canelada mais violenta, ouvi um apito e sonhei que era um juiz marcando a falta. De repente vi o gramado deserto e um guarda apitava com fúria na minha direção. Eu, que de polícia sempre tive uma paúra instintiva, só não fugi porque não deixaria minha bola à mercê daquele meganha. Busquei-a ao lado do meu casaco, agarrei-a com força, e já me afastava quando ele apitou de novo e me indicou uma placa em que proibiam pisar na grama, o que eu não podia adivinhar. Ele deve ter sentido sinceridade na minha mímica, pois eu realmente não sabia ler aquelas palavras. E me liberou sem confiscar a bola do Ghiggia, ele mesmo, o Ghiggia, porque não suportava mais meus choramingos em português.

4.

STALIN È MORTO. Na banca de jornal do Corso Trieste reconheci um cheiro de Brasil. Não sei se provinha do papel-jornal, ou quem sabe da tinta de impressão que então se usava, mas depois de adulto nunca mais senti cheiro igual. Desde moleque no Rio ou em São Paulo, eu remanchava nas bancas de jornal a me viciar naquele cheiro, enquanto espiava gibis e álbuns de figurinhas. Já na Itália, os jornais expostos viraram meu método de alfabetização, pois nunca tive aulas de italiano. O italiano que eu falava era de ouvido, por palavras captadas na rua ou em canções no rádio da cozinheira.

Como eu dizia, a morte de Stálin ocupava todas as manchetes de jornais e revistas naquele março de 1953. Para o bem e principalmente para o mal, por quase um mês só se falou de Stálin, só se viam fotos de Stálin. Depois surgiram os nomes de Molotov, Malenkov e enfim Kruschev, que na rádio se pronunciava Kruschóf.

Eram assuntos que me aborreciam, eram caras borradas que me intimidavam, por isso de repente foi um alívio ver a foto da moça com as pernas de fora, estampada na primeira página: mistério na praia. No instituto médico legal, o pai e o noivo haviam reconhecido o corpo de Wilma Montesi, nome caseiro, quase familiar, que substituiria no noticiário os cabeludos sobrenomes russos. Agora, nas conversas captadas na rua, no rádio da empregada e mesmo na mesa de jantar lá em casa, era de Wilma Montesi que se tratava. Até meu pai, que tinha mais o que fazer, na hora do jantar perguntava por novidades do caso Montesi. Então eu me antecipava e discorria sobre as diversas hipóteses levantadas para a morte da moça. Eu dava as notícias em português, como é óbvio, mas a fim de lhes emprestar certa cor local, forçava um sotaque italiano que já conhecia por alguns comerciantes de São Paulo. As palavras e expressões idiomáticas que eu não compreendia, trocava por outras sem cerimônia, mas grosso modo era fiel ao texto original. Um dia, arregalando os olhos, informei que a Montesi morrera afogada num pedilúvio, sem saber que essa palavra significava um mero banho de pés. O pessoal lá em casa não me levava a sério, porém com o tempo fui aprender que o tradutor é o tipo de um profissional fodido e mal pago. Nem vou me ater à língua italiana, em que seu ofício se presta a trocadilho batido, mas quantas vezes não se crucifica o tradutor por traduzir literalmente uma história mal contada. Pois então, de volta ao jornaleiro, ele me confirmou que a jovem, sim, fora curar com um pedilúvio uma inflamação no calcanhar, e ainda por cima estava no fim do período menstrual, coisa que minha mãe não quis me explicar o que era. Mênstruo, eczema, pedilúvio, tudo somado, resultou que a Montesi passou mal e caiu no mar tempestuoso sem saber nadar. No entanto, os jornais de oposição se mostravam céticos com tal parecer, insistiam na possibilidade de um suicídio ou de incidente mais grave. Insinuava-se que a polícia fazia corpo mole nas investigações, suspeitava-se que havia por baixo dos panos um crime envolvendo gente poderosa. Quando os boatos se aproximavam do primeiro escalão do governo, as autoridades arquivaram o caso, concluindo que a morte de Wilma Montesi fora acidental. Na opinião do jornaleiro, porém, até o fim do verão o assunto voltaria às manchetes.

5.

Antes de mister Welsh houve miss Tuttle e antes de miss Tuttle havia em São Paulo dona Aracy, que me ensinou rudimentos do inglês no curso primário. Foi para miss Tuttle, contudo, que escrevi em inglês minhas primeiras redações, embora fossem destinadas secretamente a Sandy L., ou Sandrene. No começo miss Tuttle me suspeitava de colar textos alheios, pois eu era recém-chegado e minha pronúncia lhe parecia incompatível com a de um razoável conhecedor da língua. E quando ela perguntava pelas minhas leituras e inspirações, eu balbuciava qualquer coisa, não encontrava uma resposta convincente. Mas mesmo na minha língua eu frequentemente gaguejava; se falasse com maior fluência, não sei se teria a pachorra de tanto escrever coisas bonitas e reescrever e rasurar e passar a limpo. Diante de Sandrene eu emudecia, pois falar como se escreve soaria ridículo e uma única palavra impensada poria tudo a perder. Então eu lhe fazia chegar poemas rascunhados, reescritos e passados a limpo durante as aulas de História da América. Depois lhe escrevia pedindo-os de volta, pois eram sempre passíveis de aperfeiçoamento, mas ela era possessiva e nunca atendeu a esses meus pedidos.

Antes da Notre Dame International School, portanto, houve a escola de freiras onde estudei um breve período, entre minha chegada a Roma e as férias de verão. Fui matriculado na Marymount com minha irmã mais nova, a portadora da minha correspondência com Sandrene em troca de caixas de Golia, a bala de alcaçuz que ela adorava. Com essa irmã eu falava pelos cotovelos, inclusive dos meus planos de passar uma noite escondido com Sandrene na catacumba de Domitila. Pedi sigilo, mas dali a pouco me senti traído, pois ouvi rumores de que seria convidado a me retirar da escola. E um dia miss Tuttle me chamou para as despedidas, ocasião em que me escreveu umas linhas afetuosas numa folha de caderno que guardo até hoje. Por ela fui informado de que escolas católicas só eram mistas para crianças até os oito ou nove anos, idade em que meninos e meninas começam a se afeiçoar, razão pela qual seriam segregados. Eu não queria aceitar aquela sentença, eu recusava a ideia de estudar na escola dos meus irmãos mais velhos, com quem vivia às turras. No calor do momento, escrevi uma carta para Sandy L. que fiz bem em não enviar. Nela eu amaldiçoava a madre superiora, rompia para sempre com a Igreja Católica e proclamava minha intenção de virar ateu que nem meu pai.

Antes de Sandrene só houve Leslie Caron, atriz do filme Lili, o primeiro a que assisti em Roma. Saí do cinema apaixonado, e ao entrar na escola no dia seguinte, transferi para Sandrene minha paixão, achando que ela era a cara da Leslie Caron. Ainda hoje, quando tento me lembrar da cara de Sandrene, quem me aparece na memória é a Leslie Caron, sem que eu precise rever o filme ou fotos da época. De Sandrene propriamente, fechando os olhos me lembro de uns cabelos castanhos a se agitar quando ela brincava no recreio. E certa vez, ao tirar o casaco para apostar corrida, ela deixou cair uma carteirinha que me apressei a catar no chão. Trazia seu nome completo e o de uma associação que me pareceu uma escola de dança, porém não li direito porque ela ficou vermelha e a arrancou das minhas mãos. Primeiro pensei que ela tivesse vergonha de estudar balé, mas isso não tinha cabimento porque dançar e cantar era o que Sandrene mais fazia no recreio. Depois achei que ela não gostava da foto na carteira, porque talvez ali se visse meio dentuça, ou talvez preferisse ter nascido loura e não ter cachos. Por fim me convenci de que ela detestava seu sobrenome italiano, razão pela qual se assinava Sandy L. em seus trabalhos escolares e nos bilhetes que passou a me mandar. Por via das dúvidas, jamais mencionei o tal sobrenome, e partilhar um segredo com ela haveria de nos aproximar cada vez mais. Era como se apenas eu conhecesse uma falha sua, uma porta oculta que a tornava acessível unicamente para mim. Para que meu amor não lhe subisse à cabeça, porém, de quando em quando eu fingia me interessar por suas colegas branquelas e sem bunda, meninas americanas ou inglesas que por sua vez nunca me dariam bola. Também pode ser que Sandy L. me apreciasse como um tipo exótico, mas no fundo sonhasse encontrar um boy americano ou inglês de boa cepa para casar. Nesse caso eu continuaria a abastecê-la de poemas em inglês castiço, sob pseudônimo, e não me incomodaria de tê-la no futuro como amante.

Para me ocupar nas férias, afanei do escritório do meu pai um bocado de folhas de papel ofício, e se fosse precavido teria me servido também de papel-carbono para tirar cópia dos meus escritos. Minha mãe no início estranhava que eu passasse os dias de sol dentro do quarto, mas respeitava meu desejo de não ser perturbado. Só a ela revelei meu propósito de escrever um grande romance, sem confessar a quem era dedicado. Ela me interrompia somente para as refeições: está na mesa, Machado de Assis, hoje tem nhoque, Machado de Assis. Ela não sabia que meu romance era escrito em inglês e nem podia ser diferente, pois Sandrene não falava outras línguas. No meu pensamento desejoso, Sandrene ainda viria me fazer companhia naquele verão e, irrequieta como era, pediria para ler meu romance antes que fosse para o prelo. Eu a figurava sentada na cama atrás de mim, a fim de ler por cima do meu ombro o livro sendo escrito em seu louvor.

Não sei como meu pai não deu por falta dos seus papéis, pois o romance, concluído às vésperas da volta às aulas, somava quase duzentas páginas. Burlando a vigilância da minha mãe, pedi à minha irmã que entregasse a Sandrene o manuscrito, e passei o resto do dia tentando adivinhar suas reações, como se houvesse chegado a minha vez de ler por cima do seu ombro. À noite perguntei à minha irmã como havia sido, ao que ela respondeu que mais ou menos, pois Sandrene aceitou o calhamaço de bom grado, mas virando as costas falou baixinho: *bullshit*. Eu não concebia um palavrão desses na boca da minha namorada, e minha irmã admitiu que podia ter se confundido no inglês. Ela também não podia jurar, mas acreditava ter visto, ao sair da escola, as folhas soltas do romance no asfalto molhado da Via Nomentana.

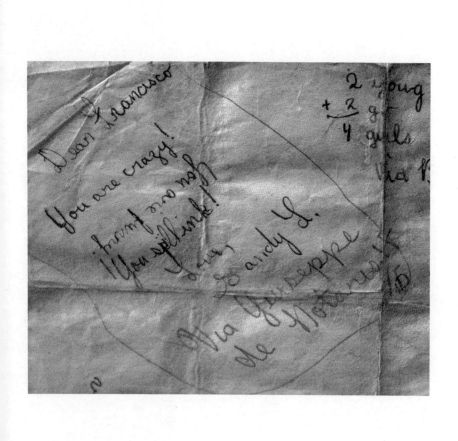

I hope you will have
a nice Vacetation.
You are Stupid.

From
Gillian
Nicholas
English

Via di Villa Emiliani 12
870498

Shamma Majid
tel 8342,73
via piassa delle
Lucrine 1/19

6.

Amadeo, filho do quitandeiro, não tirava a boina da cabeça e tinha a pele de uma cor amarelo-esverdeada. Acho que não ia à escola, pois estava sempre por ali ajudando os pais na quitanda da esquina. Era mais ou menos do meu tamanho, e com ele eu havia aprendido as primeiras palavras em italiano: *calcio, pallone, fuorigioco, và a fancullo*, coisas de futebol. Domingo de manhã cedo, todos menos meu pai íamos à missa na igreja do bairro, onde eu tinha sempre novos pecados a confessar para um padre impaciente. Mamãe e os mais velhos fazíamos jejum para a comunhão, e nem bem voltávamos para o café, o Amadeo me chamava da rua: Brasiliano! Eu saía com a bola de couro e jogávamos gol a gol na rua o domingo inteiro, só interrompidos pelo seu pai, que o chamava a toda hora para ajudar no serviço; a quitanda só fechava às segundas, e creio que era lá nos fundos que os quitandeiros moravam.

Minha família era menos pobre que a do Amadeo, mas não se comparava à dos meus colegas de escola, basta dizer que não possuíamos sequer um Fiat Cinquecento. Enquanto eu ia à escola de ônibus, eles chegavam com pais ou motoristas em carros americanos: Studebaker, Oldsmobile, Buick, Chrysler, Chevrolet Corvette, eu conhecia todas as marcas de automóvel e sabia a quem pertencia cada um. Meus colegas eram Sam, Jim, Joe, Jack, Dave, Bob e outros de que não me lembro agora; tentei fazer que me chamassem Frank, mas o apelido não pegou. Para a maioria deles eu era Francesco, pois talvez me imaginassem *mezzo* italiano; sempre que precisavam se comunicar com alguém de fora, era a mim que recorriam. Eu não fazia questão de que soubessem de onde eu vinha, nem como meu pai labutava para bancar um lar com tantos filhos em escolas caras. E por estar ciente de que seu salário de professor universitário não permitia à família grandes luxos, me deu vontade de chorar quando ganhei de presente uma bicicleta niquelada, ainda mais com pneus brancos. A partir daí eu não quis saber de mais nada, até a bola de futebol deixei de lado. Ia e voltava pedalando pela esquina da quitanda sem cumprimentar o Amadeo, que entre berinjelas e abobrinhas me olhava com olho comprido. Aos domingos, em vez de ir a pé como todo mundo, eu percorria de bicicleta os duzentos metros até a igreja. Não demorei a largar o guidom, a pedalar de braços abertos pela vizinhança, e logo me aventuraria para os lados do Fórum e do Coliseu.

Um dia, depois da missa e do café, decidi subir até o Parioli, bairro moderno e luminoso onde moravam quase todos os meus colegas. Chegando à Piazza Euclide, vi estacionados os Oldsmobiles, os Chevrolets e até um Cadillac Eldorado diante da igreja do Imaculado Coração de Maria. Vista de fora a igreja parecia inacabada, nem nova nem velha, e em seu altar havia uma dessas imagens sacras que me afligiam, a Virgem com o Menino no colo e o coração fora do peito. Meus colegas seguiam a missa com suas famílias nas fileiras da frente e, se me vissem, deveriam se perguntar o que fazia o Francesco ali no Parioli. Não me inibi e entrei na fila da comunhão, apesar de não estar mais em jejum e de ser sacrilégio receber a hóstia duas vezes num mesmo dia. Rezei de olhos fechados, emparelhado com eles no genuflexório, e na saída dei de cara com o Archie, um colega muito popular em toda a escola por causa do beisebol. Ninguém o superava como hitter, que é aquele que dá as tacadas, e quando ele acertava um rebote em cheio, a bola ultrapassava nossos muros. Volta e meia ela caía na casa de um italiano mal-humorado, com quem eu gastava o latim para a recuperar. Contudo, certa vez eu estava de catcher, aquele que fica agachado atrás do hitter, por acaso o Archie, e deu-se o seguinte: depois de mandar a bola lá para o beleléu, o Archie jogou para trás o taco, que me atingiu bem no olho esquerdo. Em frente à igreja, Archie e eu relembramos esse episódio para a mãe dele, uma senhora chique de óculos escuros que se espantou por eu não dispor de máscara nem de luvas de jogo almofadadas. Ela ainda se compadeceu por eu ter ficado com o olho roxo mais de um mês, e acabou me convidando para o breakfast em casa. Larguei minha bicicleta ali mesmo e fomos no seu Hudson Hornet, o Archie com a mãe no banco da frente e eu refestelado no de trás. O breakfast tinha sucos de fruta, panquecas, bagels, cookies e ovos mexidos com bacon, que comi e repeti com gosto antes de ser apresentado no terraço ao pai do Archie. A exemplo do meu pai, ele não ia a missas e, mais alto que o meu pai, era a cara do Gary Cooper no filme High Noon. Ficou curioso ao se inteirar de que eu era brasileiro, perguntou que língua se falava no Brasil. Avisado pelo Archie de que, apesar de estrangeiro, eu era superelogiado pelo professor de inglês, me desafiou a soletrar a palavra Massachusetts. Sem titubear, fiz m–a–double s–a–c–h–u–s–e–double t–s e ele falava uou, uou, uou. Não chegava a ser uma proeza, mas o pai do Archie me deu tantas congratulações que fiquei encabulado. A mãe também foi gentil, não me deixou sair sem tomar um sorvete de trufas de chocolate. A caminho de casa, enjoado da comilança e exausto de pedalar, desconfiei que na casa do Archie estavam rindo de mim.

7.

O cine Rex era um cinema conversível, por assim dizer. Se não chovesse, no intervalo das sessões seu teto se abria e em noites de lua era mágico ver a fumaça dos cigarros subindo ao céu. A programação mudava a cada semana, e toda semana eu ia ao Rex, fosse qual fosse o filme. Quando passavam filmes italianos, minha mãe nunca deixava de nos levar para assistir, dos neorrealistas às comédias ligeiras como Pão, Amor e Fantasia. Mas eu preferia as matinês de sábado, quando a garotada do bairro lotava a sala. No começo as meninas me ignoravam, mesmo me vendo chegar com a bicicleta niquelada. Só passaram a me observar e se cutucar e me sorrir de olhos baixos quando adotei meu blazer azul-marinho com o emblema da Notre Dame International School. Assim engalanado, eu me permitia sentar no meio delas para sentir melhor o seu frisson na hora em que os apaches despontavam no topo das montanhas. Ou quando eles desciam a galope, com seus cavalos pintados para a guerra, ameaçando escalpar a mocinha da cabeleira loura. Mais temíveis que os peles-vermelhas, só mesmo os pilotos de caças japoneses em filmes da Segunda Guerra Mundial. Eram filmes mais toscos, em preto e branco, que culminavam com batalhas aéreas sobre o oceano Pacífico. Dava para ver em close o esgar de raiva dos japoneses ao metralhar a fuselagem dos aviões aliados, mas tudo sempre terminava com os caças Mitsubishi embicando em chamas contra o mar.

Japoneses, que em São Paulo tinham até um bairro exclusivo, nunca vi nas ruas de Roma. Somente na escola americana, ao contrário de negros, havia alguns orientais. Nas classes dos meus irmãos mais velhos me lembro de uns tailandeses, mas japonês autêntico, só o meu colega Kazuki. Quando o encontrava, eu imediatamente me arrependia de ter aplaudido a morte dos pilotos de guerra, me perguntava se algum deles não seria seu parente. Não parecia, pois o Kazuki estava sempre sorrindo, na sala de aula ou no bambuzal. Ele era bom de matemática, mas seu inglês eu não entendia bem. Ou era ele quem não entendia o meu, o fato é que a gente pouco se falava, a gente ria à toa. Eu o invejava pelo canivete suíço com que afiava os bambus e pelo manejo de arames e barbantes com que montava a estrutura da nossa cabana. Por mais que procurasse ajudar, eu era desajeitado, derrubava tudo, e então ele girava o indicador contra a têmpora, falando algo como kuru kuru tá. E se acabava de rir, querendo dizer que eu era maluco, ao que eu retrucava apontando para ele: kuru kuru tá. Eu achava que ele me elegera como amigo por ser brasileiro, por não ter nada a ver com bombas atômicas ou com a ocupação do seu país até o ano anterior.

Na sala de aula o Kazuki se sentava na carteira à minha frente e costumava trocar mensagens comigo. No verso das suas folhas de caderno com ideogramas caprichados, a nanquim, eu escrevia boceta, caralho, cu da mãe, coisas que de algum modo ele compreendia, pois se virava e me piscava o olho com um ar malandro que eu não conhecia em japoneses. E numa prova de matemática a que o professor nos submeteu sem aviso, observei a rapidez com que o Kazuki resolvia questões complicadas envolvendo frações e um tal de mínimo múltiplo comum. Na hora em que ele foi se levantar para entregar a prova, cutuquei suas costas e fiz sinal para que ele me passasse a cola um minutinho só. Foi quando ele me encarou muito sério e falou kuru kuru tá com uma inflexão inusitada, como se meu pedido fosse insultuoso ou absurdo. Insisti, fiz menção de tomar a prova da sua mão, sem acreditar que aquela indignação fosse para valer. Mas da segunda vez que ele me chamou de maluco, girei o indicador contra a têmpora e respondi: kamikaze! Desde então nossa amizade não foi mais a mesma, e no meio do ano letivo ele se despediu formalmente da classe, porque seu pai fora transferido para Washington.

Não só o Kazuki, mas todos ali aparentavam estar em Roma de passagem, nenhum se dava o trabalho de aprender o italiano. Eu gostaria de conhecer o destino do Sam, do Jim, do Roy, do Teddy, do Dan, do Archie, teriam todos voltado para a América? Teriam feito a Guerra do Vietnã? Quem morreu no Vietnã? Quem virou hippie? Quem tomou heroína? Quem morreu de aids? Fizeram fortuna no Vale do Silício? Em quem votaram ultimamente? Mas disso nunca vou saber, porque para mim eles ficaram sendo Jim, John, Joe, Bob; não aprendi seus nomes de família, e nem fotos da turma se tiravam naquele tempo. O único de quem tive notícias foi o Charles, mas agora era tarde para procurá-lo, já morreu. Ele havia estudado comigo na mesma classe desde o colégio de freiras, porém na época mal nos falávamos. Eu só tinha olhos para a Sandrene e não sei se o Charles também andava enrabichado por outras garotas. E agora, na idade em que a maioria dos meninos começa a se espelhar no pai, ele preservava uma beleza frágil, feminina mesmo. Estou certo de que, se lhe fosse dado escolher, o Charles, como eu, teria preferido seguir na escola com as meninas, se sentia melhor entre elas. Mas de minha parte, bem ou mal eu procurava me entrosar com os garotos, tinha medo de me sentir mais estrangeiro do que já era. O Charles nunca foi visto jogando beisebol, não participava das brincadeiras, não ria quase. Não ria nem das piadas de maricas, que, fora os trejeitos, a gente mal sabia o que era. Havia quem insinuasse que ele mesmo era maricas, mas também pode ser que o Charles passasse por um mau momento. Ouvi até dizer que seus pais tinham se separado, e eu gostaria de me aproximar um pouco dele, saber dos seus mistérios, não fosse o receio de incomodá-lo. Porém, numa rara vez em que ele falou comigo, foi para me entregar reservadamente um envelope, e só ao abri-lo descobri que o Charles se chamava Carlo. Tratava-se de um convite para festa dançante na casa de Carlo De Mejo, no Viale Bruno Buozzi, Parioli.

8.

Tu pensi que cachaça è acqua?
Cachaça non è acqua, no
Cachaça viene dell'alambicco
E l'acqua viene del ruscello

Com essa marchinha de Carnaval eu pretendia ensinar português ao Amadeo na quitanda, mas não havia jeito de ele assimilar minhas lições, muito menos musicadas. Quando deixei o Brasil, a marchinha da cachaça era o maior sucesso nas rádios, nas ruas e nos salões de festa de norte a sul. Todo ano era assim, marchinhas ou sambas de Carnaval tocavam sem parar do fim do ano até a Quarta-feira de Cinzas, quando da noite para o dia caíam em desuso. Então canções de outros gêneros vinham ocupar seu vácuo, mas como viajei antes do Carnaval, continuei com a marchinha da cachaça tocando meses a fio dentro da cabeça. É lógico que eu escutava outras músicas no rádio, no cinema ou até nas Termas de Caracala, ruínas romanas aonde minha mãe nos levava para assistir às óperas populares. Eu gostava de todas as canções, árias, tarantelas, mas elas não se fixavam na minha cabeça, me entravam por um ouvido e no dia seguinte saíam pelo outro. Daí a marchinha da cachaça voltava a se instalar, era um suplício. Para quem tem um ouvido musical, uma música assim já deixa de ser música para se tornar um zumbido constante no tímpano. Ela me perturbava tanto quanto essas músicas de ambiente interferem numa conversa, numa leitura ou num pensamento. E num domingo em que acordei me julgando livre dela, ela retornou com força em forma de assobio. Bem no meio da missa descobri que sabia assobiar, após inúmeras tentativas que davam em sopros secos ou perdigotos. Sem refletir, assobiei alto quatro compassos da marchinha da cachaça até minha mãe me dar um beliscão. Em compensação me tornei um assobiador de talento, à imagem de artistas da época que gravavam elepês de oito faixas com assobio e orquestra. Eu tinha que me policiar para não assobiar na sala de aula, e mesmo na rua assobiar não era considerado de bom-tom, que dirá num ônibus lotado a caminho do Parioli.

 De bico calado, me sentindo um pouco intruso, toquei a campainha da casa do Charles, ou Carlo, onde Dean Martin cantava That's Amore. Era uma mescla de inglês e italiano que se falava na festa, e do hall de entrada não identifiquei ninguém além do Charles/Carlo, que também misturou as línguas ao me receber. Aos poucos avistei uma ou outra aluna do Marymount, mas meninos havia poucos, nenhum da Notre Dame. Por isso apenas três ou quatro pares dançavam no enorme salão, de onde visivelmente tinham removido poltronas e tapetes. E quando Leslie Caron começou a cantar o hit do momento, Hi-Lili, Hi-Lo, os convidados fizeram coro e não consegui entender o que o Carlo me falava. Ele teve que colar a boca no meu ouvido para repetir: *remember Sandrene?* Sandrene estava atrás de mim quase irreconhecível de saia rodada, com os cabelos presos e aparelho nos dentes. Ficou vermelha de repente ao me ver cara a cara, depois me olhou no fundo dos olhos e sorriu. Ela sabia que eu gostava de vê-la corar e talvez tenha aprendido a corar de propósito, que nem uma antiga atriz que se celebrizou por saber empalidecer em cena. Antes de tirá-la para dançar, porém, para deixar claro que não a perdoava tão facilmente nem me esquecera do seu ponto fraco, falei: *buona sera, signorina Sandra. Buona sera, signor Francesco*, disse ela soltando uma gargalhada, para em seguida levar a mão esquerda à nuca do Carlo e sair dançando com ele. Após o Hi-Lili, Hi--Lo, emendaram com Cheek to Cheek, e deu para ver como estavam ensaiados no papel de Ginger Rogers e Fred Astaire. Mas ninguém dava tanta atenção ao show dos dois, pois a grande atração da festa era uma vitrola embutida num móvel pé de palito com elepês em pilhas ou avulsos, largados fora da capa. A função de disc jockey era disputada, e nenhum disco era tocado até o fim; após uma ou duas faixas, alguém o substituía por outro. Consegui me infiltrar naquela turma e gostei de uma capa dos The Ink Spots, com quatro pretos cantando num microfone. Esperei tranquilamente minha vez, e quando Frank Sinatra terminou de cantar Young at Heart, levantei o braço do toca-discos e pus meu disco para rodar.

Mal pude desfrutar os The Ink Spots, pois uma garota interrompeu arranhando o disco com a agulha, e pôs no lugar o Hi-Lili, Hi-Lo, que já tinha tocado umas dez vezes. A menina era ela mesma, a Sandrene, que num rodopio se virou para o Carlo, que entrementes já tinha tirado outra para dançar, uma indiana da classe da minha irmã. Após alguma hesitação, Sandrene aceitou dançar comigo, e no entanto percebi que ela vigiava o Carlo pelas minhas costas. E antes mesmo de terminar o Hi-Lili, Hi-Lo ela me largou no meio do salão, com a desculpa de que eu tinha assobiado no seu ouvido, e foi arrancar a indiana dos braços do Carlo. Aquela noite experimentei pela primeira vez o que é ser um cornudo, o mais doloroso dos aprendizados, mas eu não tinha tempo a perder com pirralhas. Eu tinha pressa de crescer e ser adulto e namorar mil e uma mulheres, até conhecer uma moça séria para esposar e ser traído, uma mulher completa como por exemplo a signorina Grazia, professora de italiano do meu pai.

A orquestra de Tommy Dorsey atacou Just One of Those Things, e foi quando cruzei os olhos com uma dona ainda melhor que a signorina Grazia, fulgurante como uma estrela de cinema. Pelas feições, logo entendi que era a mãe do Carlo, sentada no sofá ao lado de um tipo magro de testa alta, talvez seu novo marido. Custei a crer que era a mim que ela acenava; tinha sabido pelo Carlo que eu era brasileiro, e num inglês com sotaque italiano, me disse que adorava o meu país. Era fã de Carmen Miranda, a quem conhecera em Hollywood, e se encantou por eu ser natural do Rio de Janeiro. Ouvira maravilhas do Rio pelo seu amigo Orson Welles, que apreciava a cachaça e até cantava um samba que aprendera durante uma filmagem com Grande Otelo em Copacabana. Daí ela pegou a cantarolar No Tabuleiro da Baiana, mas eis que alguém pôs para tocar de novo o Hi-Lili, Hi-Lo, aumentando o volume até o último ponto. Então a mãe do Carlo se levantou, me convidou para dançar, e ali estava eu enlaçando sua cintura, fingindo conduzir e sendo conduzido por ela nos passos da valsa. Dançamos Hi-Lili, Hi-Lo até o fim, eu da altura dos seus seios, respirando seu perfume, imaginando um milhão de coisas, mas mantendo uma distância respeitosa entre nossos corpos. Terminada a música ela ainda me agradeceu, se abaixou para me beijar a bochecha, voltou para o marido, e nem me lembro do que fiz no restante da festa. Quando dei por mim estava vendo minha mãe, que chegara para me buscar e cumprimentava os donos da casa. Já no táxi ela me repreendeu por não ter lhe contado que eu estudava com o filho de Alida Valli, pois se soubesse teria se vestido melhor. Eu não fazia ideia de quem era Alida Valli, que para a minha mãe era a maior atriz do cinema italiano. Mais tarde eu a veria em filmes de Hitchcock,

Antonioni, Vadim, Pasolini, Bertolucci e companhia bela. De quebra, em Teorema, no papel de um garoto de programa, vi meu colega Carlo De Mejo pelado na cama com Silvana Mangano. Na vida real, simplesmente dancei com a mulher mais linda do mundo, no que minha mãe não quis acreditar, me mandou largar mão da minha mania de contar vantagem. A partir daquela noite, Hi-Lili, Hi-Lo grudou na minha cabeça.

Dear Fran- Francisco,
cisco, I am can't think
very happy Brain dumb
that you insplation won't come
love Sand- can't wait
rene. Have bad bait
a nice trip By Sandy L.
to Paris.
      Charles   Trip
                 very bad
                 girl ronuka

9.

As crianças mais novas não entendiam como pode um país caber numa cidade, mas acreditaram quando eu disse que no Vaticano só era permitido falar latim. Falava-se baixinho em várias línguas, e os cochichos na sala de audiência iam se excedendo até que uma voz gritava: *silenzio!* Pouco a pouco voltavam os cochichos, e a bronca, e novos cochichos, pois era impossível manter tanto tempo em silêncio uma centena de pessoas em pé num espaço exíguo e calorento. Um anteparo baixo de madeira maciça, reforçado por guardas suíços, isolava uma faixa mais larga da sala, por onde vez ou outra caminhavam sem pressa uns jovens de batina. Aqui e ali se ouviam gemidos e suspiros, e uma senhora idosa aparentemente perdeu os sentidos, sendo carregada de braço em braço para fora do recinto. Eu também já me via à beira de um desmaio, morto de fome e sede, quando na ponta esquerda da faixa exclusiva se abriu uma cortina vermelha, teatral. Achei que iria ouvir aplausos, mas o que se seguiu foi um rumor cavernoso de orações multilíngues. Sua Santidade vinha sentado num trono chamado sede gestatória, que doze palafreneiros de libré sustentavam nos ombros, e ao vê-lo em sua bata branca minha irmã menor falou alto: a papa é folgada, né? Com o olhar ausente, o papa dirigia ao público um sinal da cruz fatigado, e não fosse por esse gesto eu juraria que ele havia saído de um museu de cera. Tinha uma cor acinzentada, e eu, que queria acabar logo com aquilo, temi que o cortejo arrastado parasse a qualquer momento. Com efeito parou, parou justo na minha frente, e foi quando o vi bem de perto, acho até que vi uns pelos nas ventas do seu nariz adunco. Quando ele ameaçou olhar na minha direção tive um calafrio, teria fugido se pudesse, e passei o resto do dia e da infância com pavor do papa. À noite, sonhei com ele deitado numa câmara mortuária, de olhos semiabertos, me chamando com a mão já descarnada.

Pio XII não tardaria a morrer deveras, após penosa agonia e dois ataques cerebrais, e para o seu lugar o conclave elegeria João XXIII, que o povo lá chamava *il papa buono*. Se o papa Giovanni era bondoso de fato, não dá para saber, e eu não estava mais em Roma para ter o prazer de o comparar com o anterior. Vai ver que no fundo o papa *buono* tinha lá seus pequenos vícios, porque ninguém pode ser inocente por completo o tempo inteiro. Eu, por exemplo, apesar da formação cristã, sou de má índole, vivo tendo ideias perversas, não raro desejo o mal ao próximo, daí que reconheci intimamente a alma tortuosa de Pio XII. Isso foi muito antes de eu saber das efetivas ruindades dele, mas também é verdade que ninguém é capaz de ser completamente mau o tempo inteiro. Há mesmo quem diga, em oposição à voz corrente, que a seu estilo principesco, avesso à demagogia, Pio XII salvou do Holocausto milhares de judeus. Quero crer, e imagino que depois dessas boas ações, por tão contrárias à sua natureza, ele caísse prostrado no leito papal, aonde acorreriam os guardas suíços com abanos e flabelos.

Para os males do corpo, quem sempre o acudia era seu médico pessoal, o igualmente aristocrático doutor Riccardo Galeazzi-Lisi. Esse arquiatro não gozava de boa reputação na comunidade científica, passava mesmo por charlatão, e será difícil encontrar quem o defenda, malgrado a confiança que depositava nele um homem cultivado como Pio XII. O Santo Padre fez questão de tê-lo à cabeceira em seus estertores no Castel Gandolfo, residência de veraneio dos papas, e não era segredo que o doutor, com uma Polaroid escondida no jaleco, tirava fotos do pontífice agonizante, para vendê-las com exclusividade à Paris Match e depois a jornais do mundo inteiro. Morto Pio XII, o doutor Galeazzi-Lisi assumiu a responsabilidade pelo embalsamento do corpo, como manda a tradição entre os papas. Para tanto criou um método revolucionário, que batizou osmose aromática, segundo ele semelhante ao aplicado em Jesus Cristo, de modo a que o corpo permanecesse perenemente incólume. Dispensando injeções e incisões, o procedimento requeria a imersão do cadáver numa misteriosa combinação de óleos de ervas e resinas a fim de desoxidar o corpo, para em seguida envolvê-lo em folhas de celofane por vinte e quatro horas. Resultou que, para decepção do médico, o cadáver apresentou a mais rápida decomposição já registrada na história da medicina legal, exalando miasmas insuportáveis, conforme publicado na imprensa da época. No trajeto de Castel Gandolfo ao Vaticano, em carro aberto com imenso séquito de fiéis, o acúmulo de substâncias químicas em seu ventre, além do calor incrementado pelo invólucro de celofane, foi levando o corpo do papa a inchar mais e mais até explodir na Via Appia. Foi providenciado às pressas um novo embalsamento, a fim de viabilizar a exposição do defunto durante os três dias de exéquias. Ainda assim, milhares de devotos que se despediram dele na basílica de São Pedro presenciaram terríveis metamorfoses na pele e em cartilagens do seu rosto, que na medida do possível era restaurado na calada da noite por uma equipe de especialistas. Com máscara de látex, maquiagens, próteses e preenchimentos, foram levadas a cabo intervenções de tal monta que, ao ser sepultado, Pio XII lembrava mesmo um boneco de cera.

10.

RIAPERTO IL CASO WILMA MONTESI. Eu tinha chegado à banca de jornal só para sentir o cheiro, no máximo para saber do jogo da minha Fiorentina enquanto não vinha o ônibus; trazia no bolso dinheiro contado para as passagens, ida e volta da escola. No entanto, não resisti a comprar o jornal que anunciava a reabertura do caso Montesi. Não daria para ler ali toda a primeira página, porque eu era baixinho e um monte de gente me tapava a visão. Vergonha!, xingavam as pessoas, pedaços de merda!, porco Deus! Um homem forçou uma gargalhada e gritou *puttana!* em referência a Wilma Montesi, aquela virgenzinha de araque, em tradução livre. Uma senhora se condoeu pela mãe de Wilma, responsabilizando pela desgraça as más companhias da jovem: boas-vidas, vagabundos e artistas com quem a Montesi havia se metido. Corri para casa a fim de mostrar o jornal à minha mãe, que leu a notícia de si para si, por imprópria para menores, e por mais que eu insistisse nunca iria me explicar o que era cocaína ou sexo a rodo. Essa era a parte que eu já tinha lido: numa casa de praia perto de Roma, a Montesi havia participado de uma orgia com cocaína e sexo a rodo. Num primeiro momento, porém, minha mãe não deu atenção ao principal, porque na certa não reconheceu o semblante do homem que ela havia cumprimentado na festa do Carlo. Numa das fotos ao pé da página estava o próprio, Piero Piccioni, músico de jazz e amante de Alida Valli. Na foto ao lado figurava seu pai, líder da Democracia Cristã e ministro do Exterior, *onorevole* Attilio Piccioni. Honorável era o título que antecedia o nome de todo político na Itália, e a contraposição era evidentemente desfavorável ao filho. Mas eu cotejava as fotos de um e outro, pai e filho, honorável e boa-vida, cristão e libertino, ministro e músico de jazz, chefe de família e amante da atriz, e meu coração pendia sempre para o lado torto.

Muito se tem escrito a respeito de artistas geniais que em sua vida pessoal se revelam uns crápulas. Eu também sei distinguir o criador da criatura e guardo uma admiração intata por obras de autores com quem jamais me sentaria. Por outro lado, confesso que hoje em dia, ao escutar as músicas de Piero Piccioni, tendo a considerar que ele no fundo era um bom sujeito, embora incomparável a Nino Rota em matéria de bondade. Quando criança, no entanto, eu apostava na sua inocência simplesmente porque ele era o homem de Alida Valli e me permitiu dançar com ela. Alida Valli era um álibi quase perfeito para Piero Piccioni, com quem foi vista de férias na Costa Amalfitana até o dia do crime. Logo se apurou, contudo, que na manhã daquele dia ele teve uma indisposição e voltou a Roma, onde foi atendido por um renomado clínico que lhe recomendou repouso absoluto, dispondo-se ademais a testemunhar a seu favor. Não obstante, Piero Piccioni teve decretada a prisão preventiva, sob a acusação de homicídio culposo e uso de entorpecentes. A promotoria apontou que na casa de praia frequentada pela alta sociedade romana, em meio a empresários, banqueiros, condes, marqueses, cantores líricos e inclusive o médico pessoal do papa, doutor Galeazzi-Lisi, Wilma Montesi havia sofrido convulsões e entrado em coma por overdose de drogas. Julgando-a morta e temendo um formidável escândalo, o réu e um cúmplice arrastaram seu corpo seminu para a beira da praia, onde no dia seguinte ela seria encontrada já sem vida.

 Alida Valli sempre defendeu Piero Piccioni, mesmo depois que o casal se desfez, e com efeito, no fim do processo ele foi absolvido na corte de apelos. O honorável pai encerraria com humilhação sua carreira política, ao passo que o filho veria prosperar seu prestígio como compositor de trilhas sonoras para o cinema. No meio musical, porém, por pilhéria ou por despeito, ganhou a alcunha de l'Assassino.

11.

Ter por mãe uma belíssima artista de cinema não deve ser fácil, deve gerar no filho homem uma mistura de embaraço com ciúme difuso. Já quando essa mãe migra do estrelato para a crônica policial, não sei o que se mexe na cabeça de um menino. Não tive a oportunidade de conversar com o Carlo, que faltou à escola desde o dia em que estourou a bomba nos jornais. Quando ao longo daquela semana os professores passaram a omitir seu nome nas chamadas, compreendi que ele não voltaria a estudar conosco. Na manhã de domingo, fui de bicicleta até seu prédio, e no apartamento dele todas as janelas e cortinas estavam fechadas com blecaute. Eu havia lido que Alida Valli estava filmando com Visconti entre Verona e Veneza, e me perguntei se artistas, feito ciganos, costumam carregar crianças de cidade em cidade em suas jornadas. Mas se a intenção era poupar o filho de maledicências, melhor ela faria se o mandasse para longe, de preferência junto ao pai, que também era músico de jazz e até onde sei se estabelecera em Nova York. Restava saber em que termos estavam Alida Valli e o ex-marido Oscar De Mejo, depois que ela o trocara por um amigo dele. Penso que, antes do escândalo, em toda a escola somente eu sabia que o Carlo era filho de uma grande artista. Tomei o cuidado de não comentar com ninguém a festa na sua casa para não magoar nossos colegas, que não foram convidados e não perdoariam a desfeita. Depois daquela noite Carlo e eu passamos a andar mais juntos, descobrimos interesses em comum que passavam longe do nome de Sandrene. Tínhamos ambos a mania de inventar palavras e nos comunicávamos numa língua do outro mundo. Um dia até lhe mostrei no caderno de desenho os mapas de cidades, países e continentes do meu planeta particular. E em consideração à nossa amizade e ao seu temperamento discreto, jamais me gabaria em público de ter dançado uma valsa com sua mãe. É verdade que na Notre Dame International School ela era apenas vagamente conhecida, quase ninguém assistia a filmes europeus; se tivesse dançado com Marilyn Monroe, no dia seguinte eu daria um jeito de a escola inteira ficar sabendo. Já agora que até naquele círculo Alida Valli se tornara famosa, por motivos alheios à sua arte, seria natural que professores e alunos estivessem curiosos sobre a sorte do filho repentinamente desaparecido. Mas nas rodas que eu partilhava no recreio, os temas variavam do fim da Guerra da Coreia a uma festa de

Halloween ou à campanha do New York Giants no beisebol. Criou-se um estranho silêncio em torno do Carlo, como se somente eu notasse sua carteira vazia na sala de aula. Por menos que simpatizassem com ele, era de esperar que tivessem algo a dizer ou perguntar ao seu melhor amigo, mesmo que fosse por derrisão. Eu vinha pensando nisso quando, na volta do endereço do Carlo, passei em frente à igreja do Parioli e quase caí da bicicleta ao ver Sandrene, que saía da missa e seguramente teria notícias dele. Ela não ficou vermelha nem demonstrou surpresa ao topar comigo, apenas sorriu e me apresentou aos pais como *my Brazilian friend*. A mãe, rechonchuda e muito maquiada, me mediu de alto a baixo, e o pai com óculos ray-ban a apressou em italiano: *andiamo, andiamo*. Quando eles entraram num Alfa Romeo conversível, pensei que Sandrene fosse olhar para trás, mas não olhou.

Mais uma vez cheguei do Parioli esbaforido e com náuseas, além de uma tremenda dor de barriga que não era vontade de ir ao banheiro. Não quis ouvir o Amadeo a me chamar da rua, nem lhe emprestei a bola para jogar sozinho. Tudo o que eu queria era me deitar de bruços, e assim me afundei na cama o dia inteiro sem pregar os olhos. A dor na barriga persistia e sequer cogitei em jantar, até porque era um domingo em que minha mãe nos impingia o bife de fígado. Passei a noite me contorcendo, tendo delírios com o papa Pio XII na minha cama, e quando amanheci aos berros, minha mãe se convenceu de que eu não estava fazendo manha para faltar à escola. Tirou minha febre, pareceu inquieta e acordou meu pai, que pela primeira vez vi entrar no meu quarto. Com os óculos na testa, ele me olhava como nunca olhou, como que a me estudar, ou custando a me reconhecer, ou interessado em me conhecer, enquanto ela dava uns telefonemas. Dali a pouco chegaram uns enfermeiros para me levar e, malgrado a certeza da morte iminente, folguei em passear deitado na ambulância com a sirene a mil. Ia me doendo todo e feliz com a cabeça no colo da minha mãe, que à guisa de carícias me fazia cosquinhas na orelha. A pílula surtia efeito, e no hospital só me lembro da máscara verde me tapando o nariz e do cheiro bom que eu não conhecia, o clorofórmio; ao despertar aprendi mais duas palavras em italiano: *appendicite* e *suppurata*.

Tlec tlec tlec tlec tlec tlec plim. Tlec tlec tlec tlec tlec tlec plim. Antes de sair para a universidade, meu pai passava horas batendo à máquina no escritório, e aquela percussão me fez companhia durante minha convalescença. Também me serviu de passatempo a leitura dos livros italianos que roubei do meu irmão mais velho, a começar pelo Corsário Negro, de Emilio Salgari. Depois vieram O Filho do Corsário Vermelho, mais A Filha do Corsário Verde, e eu me divertia ao sincronizar minha leitura com os frenéticos plec plec plec do meu pai, mudando de linha no livro a cada plim da sua Olivetti M40. Então comecei a fantasiar que meu pai publicava romances de aventura sob o pseudônimo de Emilio Salgari e que naqueles dias estaria escrevendo as peripécias do Corsário Azul, vividas não nas águas de

Maracaibo, mas na baía de Guanabara. Data daí minha admiração pela figura paterna, que se transformava em franca inveja nos dias das suas aulas de italiano. Quem recebia a signorina Grazia à porta de casa era minha mãe, que a conduzia ao escritório carregando uma bandeja de café para os dois. Daí em diante eu me dedicava a ouvir os sons que me chegavam pela fresta da minha porta entreaberta. Meu pai falava meio para dentro, enquanto a voz da professora soava límpida, escandindo as sílabas, para de quando em quando soltar uma risada levemente rouca. Dava para notar que meu pai tinha dificuldade com as consoantes duplas e a signorina o corrigia repetindo palavras em alta voz: *tutta, tutta, tutta, tutta*, ao que meu pai respondia alguma coisa que a fazia rir baixinho. Com cinquenta minutos exatos de aula, minha mãe trazia nova bandeja, baixando com o cotovelo a maçaneta da porta do escritório. Tenho cá para mim que ela não apreciava muito a professora, mas no fim da aula sempre tomava um café com eles no escritório, antes de acompanhá-la à saída. Nessas horas eu me levantava e espiava os passos da signorina Grazia no corredor, de vestido justo e sapato de salto, bem mais alta que a minha mãe.

Eu tinha tirado os pontos da barriga e me dava por curado, cansado de tanto descanso, quando um dia senti uma urgência de tomar um banho bem na hora em que minha mãe veio encerrar a aula de italiano. Tão logo ela entrou no escritório, me dirigi ao banheiro no início do corredor, na verdade um lavabo contíguo à sala de visitas com um chuveiro praticamente desativado.

Num instante tirei a roupa e me quedei pelado com a porta aberta, esperando esquentar a água do banho e ciente de que a signorina passaria por ali. Pensando agora, provavelmente no momento eu tinha uma ereção, mas eu então não sabia direito o que era aquilo que vira e mexe me acontecia. Era uma sensação bizarra que naquele dia me acometeu com maior vigor, o que atribuí a uma possível sequela da minha cirurgia de apendicite. Era como ter um novo apêndice crescendo abaixo do umbigo, porém algum sentimento religioso me impedia de olhar a coisa, que dirá tocar. Era como sentir lá embaixo um tipo de cãibra indolor, mas que abruptamente sustou. Pela violência com que minha mãe fechou a porta do banheiro, hoje não tenho dúvida de que a professora me viu com a piroca dura.

Calculo que a signorina Grazia esteja beirando os cem anos de idade, queira Deus com saúde e funções cognitivas em perfeito estado. Caso este livro seja publicado em italiano, ela há de ser informada e vai gostar de ler.

12.

O ESTADO DE S. PAULO. Todo mundo sabe que com o avanço da idade a memória remota vai se desvelando. Uma lembrança puxa outra, e agora mesmo acabo de lembrar que, também em português, iniciei minha alfabetização lendo uma capa de jornal. Era o jornal que entregavam em casa e sob o título vinha escrito: Domingo, 18 de junho de 1949; fiquei surpreso por já estarmos na véspera do meu aniversário de cinco anos. Não sei se havia notícias mais relevantes do que essa em todo O Estado de S. Paulo, pois com meus braços curtos era difícil folhear um jornal tão grande. E como na primeira página daquele matutino paulista, por algum motivo, só publicavam notícias internacionais, eu não tinha por que estranhar a ausência do Brasil nas capas de Il Messaggero ou do Corriere della Sera. Mas como tampouco nas páginas internas dos jornais italianos havia jamais alguma alusão ao Brasil, eu já me resignava a ser visto como nativo de algum país insignificante, falante de uma língua semimorta, parente longínqua de um dialeto genovês. E à medida que aprimorava meu italiano, mais eu temia o vexame de vir a esquecer a língua natal. Quando falávamos português em família, cismei que estávamos um por um pegando sotaque italiano, como num gueto uma doença contagiosa. Eu não conhecia outros brasileiros na cidade para tirar a teima, um telefonema internacional custava os olhos da cara e em casa não tínhamos vitrola nem discos do Brasil. Por meses e meses o rádio da cozinha só tocou canções napolitanas ou sucessos do Festival de Sanremo, por isso foi um espanto quando, sem aviso, a Rai Radio 1 pôs no ar o baião:

Olé mulher rendeira
Olé mulher rendá
Tu me ensina a fazer renda
Que eu te ensino a namorar

O letreiro e os cartazes do cine Rex anunciavam O CANGACEIRO, filme brasileiro premiado em Cannes. Não costumavam respeitar a fila nos cinemas italianos, e no empurra-empurra fui dos primeiros a entrar na sala, que ainda estava com o teto aberto e lotou em poucos minutos. O filme não era em cores, como os cartazes me deram a entender, e a primeira imagem trazia a silhueta de cavaleiros no alto de um monte que me lembraram os apaches nos filmes de caubói. O que me encantou, contudo, foram as vozes fora de cena cantando Mulher Rendeira. Não me contive e cantei junto a primeira quadra do baião até que um imbecil atrás de mim gritou: *silenzio!* A ordem me acertou como uma bofetada, pois eu estava cantando no tom e não incomodava ninguém. Se eu era um bom cantor, responderia por mim a cozinheira lá de casa que sempre me pedia para cantar Luna Rossa, me prevendo um futuro glorioso nos festivais de Sanremo.

Os cangaceiros cavalgavam morro abaixo e, a não ser por suas vestes de couro, ornamentos reluzentes, fuzis e cavalos, semelhavam as pessoas comuns que no passado eu via pelas ruas do Rio e de São Paulo no dia a dia. Ali estavam os tipos que me faziam falta na Itália, não só os negros, mas aquela mistura de gentes a que já me tinha desacostumado. Em cada um eu via uma cara conhecida, ora o catador de lixo Zé, ora o Zezé do armazém, ora o centroavante Índio do Flamengo, ora uma preta igual à cozinheira Aparecida, que no filme deitava na rede com todos os cangaceiros. A mim mesmo, cheguei a me ver no moleque que num salto montou na garupa de um cavalo cinzento. Na hora em que os personagens abriram a boca, porém, me frustrou não escutar a nossa língua, pois os atores eram dublados. Os diálogos em italiano nem sempre batiam com os movimentos dos lábios dos cangaceiros, e eu penava na leitura labial a fim de decifrar as falas originais. Esse contratempo mais o grito de silêncio que ainda me ecoava dentro do crânio me distraíram e me fizeram perder algumas cenas. Quando vi, os cangaceiros já estavam destroçando um povoado, tal qual os índios ateavam fogo em caravanas sem maiores explicações. Pelo menos os nossos não escalpavam as mulheres, mas o chefe do bando tinha prazer em torrar a cara dos moradores com um ferrete em brasa, como o usado para marcar gado ou escravos. Diante dessas selvagerias a plateia reagia com indignação, assim como se enternecia com o romance da professorinha branca com o cangaceiro bom. No fim do filme, enquanto o teto do cinema se abria ao som do baião, o público aplaudiu com força.

Deixei a sala assobiando a Mulher Rendeira sem o intuito de chamar atenção, mas algumas pessoas pareciam me olhar com curiosidade. Percebi que me olhavam em dois tempos, como se me reconhecessem sem saber de onde. Achei graça ao imaginar que eu era visto como o filhote de uma família de cangaceiros. Caía a tarde, fazia frio, mas senti que naquele dia o blazer azul-marinho não me caía bem. Aos olhos daquela gente, o emblema da escola americana no meu peito talvez parecesse cabotino, quando não falsificado. Fui me esgueirando até minha bicicleta, que eu deixara presa com uma corrente num poste ao lado do cinema. Custei a encaixar a chavezinha na fechadura do cadeado, e só faltava me tomarem por um ladrão de bicicletas. Se um dia roubassem a minha, eu viraria Roma pelo avesso à sua procura, como no filme de Vittorio de Sica. Agora eu a levava pela mão no meio do público que não parava de sair, e atravessando o Viale Gorizia ouvi um grito: Brasiliano! Tomei um susto e olhei em volta procurando a voz, mas era só o Amadeo. Emprestei-lhe a bicicleta e o convidei a conhecer minha casa.

13.

O desafio era se manter na bicicleta parada sem apoiar o pé no chão ou nos para-choques, balançando o guidom, pedalando para trás, tocando a campainha e equilibrando-se o tempo necessário até que o carro à frente avançasse coisa de meio metro, daí sair em zigue-zagues igual às vespas e lambretas no pico do engarrafamento das ruas estreitas e dos becos e vielas do centro histórico. Só voltei a folgar e acelerar em linha reta a caminho de casa, na calçada espaçosa da Via Nomentana. Naquela manhã a avenida estava forrada de folhas secas caídas dos plátanos, e eu me perguntava se por baixo delas ainda haveria resquícios das folhas do meu romance desprezado por Sandrene. Eu acabara de bordejar a Villa Torlonia, propriedade onde Mussolini morou pagando uma lira de aluguel mensal, e é como dizem os portugueses: fala-se do diabo, aparece-lhe o rabo. Que fique bem claro, não foi o rabo do Mussolini que me apareceu, mas o da Sandrene em pessoa no outro lado da avenida; desde já peço perdão a ela, que se calhar ainda vai deitar os olhos negros nestas linhas. Reconheci-a de longe pelo uniforme azul e branco da escola Marymount e por aquele seu jeito de jogar a cabeça para trás com os cabelos castanhos despenteados. Ela estava na esquina do Viale Gorizia, como que à espera de alguém, e eu teria atravessado a avenida ao seu encontro num átimo, não fosse o fluxo incessante de veículos. Nisso chegou à esquina outra garota com o mesmo uniforme, jogando a cabeça para trás com os cabelos castanhos despenteados e no passo saltitante tão único da Sandrene. Sandrene não tinha uma irmã gêmea, e daquela distância eu não poderia garantir qual das duas era mais Sandrene. Eu não via diferença entre a recém-chegada, que deu dois beijinhos na aguardante, e a aguardante que tomou a recém-chegada pelo braço. De braço dado as duas desceram uma quadra e meia, e eu por pouco não escutava suas risadas e o estalo dos seus chicletes de bola. Elas agora acertavam o passo, como se estivessem atadas uma à outra por um pé, e simulavam uma espécie de jogo da amarelinha. Iriam com as brincadeiras até a escola, se não topassem com um senhor de muletas que se postou no seu caminho, como a pedir uma informação. Ele tinha a perna direita amputada acima do joelho, com a calça cortada e costurada àquela altura, e devia estar muito desorientado, pois gesticulava sem parar. Elas o ouviam atentamente, mas pouco a pouco pareceram se entediar, pois enquanto uma jogava a cabeça para trás, a outra catava folhas secas na calçada. Foi quando o homem começou a emitir uns gritos guturais que chegavam a ecoar deste lado da avenida. Com isso elas decidiram se desviar dele, que entretanto deu um passo largo para o lado, e de novo, e de volta, e aquilo já era quase uma contradança. E quando uma Sandrene estreitou a outra pelos ombros, ele pegou a espetá-las com a muleta esquerda, como a querer furar o corpo delas. Aí a primeira Sandrene tascou um beijo no rosto da segunda, ao que o homem reagiu brandindo a muleta para o alto. E quando ele cuspiu no chão, a segunda beijou a primeira na boca, o que o enfureceu de vez. Ensaiou um golpe de muleta na fuça das meninas, mas elas se abaixaram a tempo e ele perdeu o equilíbrio ao golpear em vão. Assim que o velho caiu, acorreu um transeunte para o levantar, outro para interpelar as meninas, depois um motorista freou e saltou do carro deixando a porta aberta. Não sei mais qual Sandrene puxou a mão da outra, mas ambas se escafederam na contramão dos pedestres que vinham se inteirar do incidente. Teve início um buzinaço atrás do carro estacionado, e as meninas já caminhavam abraçadas rua abaixo quando a superiora, madre Frances, surgiu no portão da Marymount. No mesmo instante elas se largaram e, de repente, aos meus olhos, já nenhuma das duas era Sandrene. Nem sequer se pareciam entre si, quando cruzaram o portão de cabeça baixa. Dentro da escola, meninas não podiam andar de braço dado.

14.

As águas vão rolar
Garrafa cheia eu não quero ver sobrar
Eu passo a mão no saca saca saca-rolha
E bebo até me acabar
Deixa as águas rolar

Minha irmã mais velha morreu sem saber que a espiei pelo buraco da fechadura. Ou melhor, eu usava espioná-la sempre que ela se despia para entrar no banho. Tinha seus dezesseis anos e acabava de chegar a Roma, pois se demorara com parentes no Rio a fim de concluir o curso ginasial. Chegou no princípio do inverno queimada de sol e logo me ofereci para lhe servir de cicerone e intérprete; minha mãe consentiu, com a recomendação de que tomássemos cuidado com os cafajestes. Logo na primeira tarde subimos a pé pela Villa Borghese até o Pincio, de onde se tinha a mais linda vista dos telhados, cúpulas e torres de Roma, especialmente na hora do *tramonto*, ou pôr do sol. O vermelhão do horizonte batia no ocre das fachadas e na cara da minha irmã, quase ocre também, daquela cor do verão carioca. Aí apareceram os cafajestes, como minha mãe designava os rapazes de topete que já nos rodeavam e sopravam gracinhas para a minha irmã. Sem falar nada de italiano, ela me olhava pedindo socorro, enquanto eu, que não valia um *cazzo*, me divertia. Mas era mais para se exibir uns aos outros que os cafajestes dançavam aquela dança de sedução.

Naqueles dias aprendi finalmente a marchinha do saca-rolha, sucesso do próximo Carnaval. Ela remetia à marchinha da cachaça, que por sua vez remetia a outra similar, e outra, e outra, pois em todo Carnaval no Brasil se cantava em homenagem ao deus Baco. Em Roma, como os romanos, minha mãe desdenhava o Carnaval, mas durante o ano inteiro liberava um copo de vinho no almoço das crianças. Era eu o encarregado de levar uma vasilha para encher no barril da mercearia, e ali já me deliciava com o aroma do vinho que vendiam a granel. Depois do almoço, quando todos se levantavam, eu disfarçava e bebia as sobras em cada copo. Suponho que por me prever um futuro na esbórnia ou na sarjeta, minha mãe um dia invocou o pretexto da minha apendicite para instituir a lei seca em casa. O decreto só não valia para o meu pai, que guardava no escritório uma garrafa de Johnnie Walker para consumo próprio, ou para eventuais visitas, ou de vez em quando uma dose para minha irmã mais velha.

Minha irmã trouxe na bagagem aquela marchinha e outros discos que punha para tocar na sua vitrola de corda. Além disso trouxera o violão, e de noite eu pegava no sono ouvindo os sambas e foxtrotes que ela cantava no seu quarto. Volta e meia ela também cantava sambas-canções do Vinicius, então para mim meramente um amigo do meu pai que nos visitava em casa no Rio ou em São Paulo, num tempo anterior às minhas reminiscências. Eu achava engraçado meu pai ter um amigo que cantava sambas, mas para minha mãe Vinicius de Moraes era mais do que isso, era um grande poeta que ganhava a vida como diplomata. Ela também gostava de música popular, porém achava uma heresia equipararem sambas-canções a literatura séria. Dizia que o poeta tocava violão mais para mimar as moças, por saber que nenhuma lhe resistia, e não à toa estava no terceiro ou quarto casamento. Meu pai a ouvia com o olhar perdido, pensando quiçá na signorina Grazia, ou nos seus tempos de solteiro, ou numa alemãzinha abandonada em Berlim com um filho dele na barriga. Minha mãe olhava meu pai talvez pensando em Vinicius, que estava lotado na embaixada brasileira em Paris, a apenas duas horas de avião, e bem que podia aparecer lá em casa de surpresa para tomar um uísque e cantar sambas-canções.

    Minha irmã mais velha morreu sem saber que eu enfiava a cara entre suas saias e vestidos, assim que ela saía para as aulas de arte. Ela escondia o violão atrás dos cabides no fundo do guarda-roupa, e só bem mais tarde eu compreenderia que todo músico tem ciúme do seu instrumento. Ciúme ainda mais justificado quando se trata de um violão, instrumento que você põe no colo, apoia na coxa, abraça contra o peito e tange com a ponta dos dedos. Eu observava minuciosamente o movimento dos dedos da minha irmã enquanto ela tocava, mas uma vez sozinho não conseguia tirar um som decente. Passava horas diante do espelho tentando reproduzir os acordes dela, e me dava raiva não ter a habilidade dos seus dedos finos com unhas de esmalte vermelho. Sei que minha irmã não me negaria umas aulas, desde que eu comprasse um violão de principiante só para mim, mas para tanto teria de vender minha bicicleta. Foi assim que desisti da música e nunca mais vasculhei o guarda-roupa da minha irmã. Minto, às vezes buscava ali dentro um maço de Chesterfield, e diante do espelho imitava sua boca soltando rodelas de fumaça.

15.

Eu dividia o quarto com meus dois irmãos mais velhos e o papel de parede atrás das suas camas era um mapa-múndi. Quando eles não estavam em casa eu passava horas viajando naquele mapa, e se as camas não fossem tão pesadas, eu as deslocaria a fim de admirar o mundo por inteiro; a cama do meu irmão maior tapava a Oceania e a do meu irmão do meio encobria as Américas da Patagônia até metade do México. Minha cama era perpendicular às deles e meu papel de parede era a imitação de um muro de tijolos. Devido à umidade, o papel estava se soltando nas emendas, deixando entrever por baixo uma parede de tijolos verdadeiros. Meu sonhado livro de memórias poderia ser bem isso, um papel de parede reproduzindo o que ele ao mesmo tempo esconde.

 Havia no corredor, cujo papel de parede eram ruínas da Roma imperial, uma porta permanentemente trancada, talvez de algum depósito onde os proprietários do imóvel armazenariam suas tralhas. Mas logo após nossa chegada alguém inventou que essa porta dava direto na casa de Nero, o imperador, com quem meu pai ia ter à noite a fim de tomar um uísque e tramar o incêndio de Roma. E quando já nem as crianças menores ligavam para essa balela, os passos do meu pai no corredor ainda me tiravam o sono de madrugada. Era um vaivém constante entre o escritório e o quarto de casal, entre a consulta aos seus livros de história e o acato aos chamados da minha mãe, entre um último uísque na chaise longue e o copo de leite que ela lhe trazia na cama. Enfim ele apagava a luz da cabeceira, para ato contínuo deixar de novo o quarto resmungando alguma coisa a respeito das missões jesuítas, ou sobre as guerreiras amazonas do seio direito amputado. E batia à máquina, e voltava para a cama, e quando a casa parecia se aquietar, eis que outra vez ele arrastava os chinelos falando em surdina dos cavalos, os cavalos, a possibilidade de cavalos na América pré-colombiana. Em última instância minha mãe o fazia tomar um sonífero, e só assim eu conseguia dormir.

    Juneau! Eu acordava no susto em plena aula de geografia e era o primeiro a acertar o nome da capital do Alasca. Só mesmo o espírito de competição me levava a decorar essas matérias escolares, que descartaria nem bem soasse o sinal do recreio. A pesca de atum na Samoa Americana, o tratado de Oregon, o presidente Cleveland, o inventor do motor de combustão, tudo isso em breve se enroscaria no meu cérebro com as listras da bandeira estrelada do Hino Nacional. Eram conhecimentos que eu ia aos poucos desaprendendo com vistas ao regresso ao Brasil. Não se sabia quando nem se de fato algum dia partiríamos, mas feito um viajante ansioso eu procurava o quanto antes me livrar de lições inúteis, como trastes que não caberiam na bagagem. Considerei que poderia quando muito aproveitar algumas lições de redação em inglês: o estilo conciso, períodos curtos, a ordem direta. Mister Welsh nos leu um conto de Hemingway, Cat in the Rain. O conto era ambientado na Itália e tinha umas palavras em italiano. Hemingway pelo visto não dominava o italiano e no meio do conto escreveu *il piove*, isto é, ele chove. Apontei o erro a mister Welsh, que também era ruim de italiano e me chamou de presunçoso. Segundo ele, o erro era proposital. O erro não seria de Hemingway, mas da personagem americana do conto. Eu não ia discutir com mister Welsh.

Tantas vezes pensei em escrever um diário. Seria como um memento que me valeria no futuro, caso eu efetivamente me decidisse a relatar minhas experiências romanas. Comuniquei o desejo à minha mãe, que tinha uma veia artística latente e fazia gosto em estimular minhas veleidades literárias. Fez questão de ir à papelaria comprar um diário, que eu imaginava com uma capa de couro preta ou de crocodilo. O que ela me trouxe, porém, tinha uma capa plastificada com ilustração de borboletas e o título com caligrafia infantil: Diario del Bimbo. Tendo gerado um filho atrás de outro, era compreensível que ela se atrapalhasse com a idade mental de cada um. Dei o diário de presente para minha irmã caçula colorir no *asilo*, como eram chamadas na Itália as escolas maternais. De qualquer forma, pensando melhor, eu não conseguiria descrever honestamente o que se passava à minha volta no dia a dia, pois mesmo as memórias mais recentes seriam retocadas à medida que eram escritas. Achei melhor largar mão da ideia de um diário e deixar que o esquecimento fizesse o seu trabalho. No futuro a imaginação cobriria as lacunas da memória e os acontecimentos reais se revezariam com o que poderia ter acontecido.

16.

Quando a condessa Magdolna Mányoki entrou em agonia, seus filhos se reuniram à sua cabeceira e concordaram que ela não poderia morrer sem aprender, de uma vez por todas, as regras do impedimento no futebol. O escritor húngaro Péter Esterházi e seus irmãos eram apaixonados pelo esporte; o caçula Márton chegou a jogar na seleção nacional. Calculo que não tivessem idade para acompanhar a Copa do Mundo de 1954 disputada na Suíça, mas pode ser que a condessa sua mãe o fizesse, mesmo sem ter noção do que era um offside. Poucos meninos poderiam se vangloriar como eu de ter uma mãe realmente aficionada por futebol, o que me valeu uma dispensa temporária dos meus estudos de recuperação em álgebra. Afinal, eu precisava me concentrar desde a véspera para a partida Brasil versus Hungria às 17h em Berna, com transmissão direta no rádio da cozinha. Eu já havia contado à minha mãe do 5 a 0 do Brasil sobre o México, mas ela ouvira do quitandeiro que o maior craque da atualidade era o húngaro Pulcras. Àquela altura, porém, até a cozinheira já sabia que Puskás estava contundido, o que seria para nós um belo trunfo. Na expectativa do jogo, ensinei à cozinheira a escalação da Seleção Brasileira, sendo Didi o único nome que ela pronunciava a contento. Ela me preparou um prato de espaguete à bolonhesa às 14h em ponto, para coincidir com o horário do almoço dos atletas. Passei a tarde escutando no rádio as preliminares do jogo enquanto chutava a bola na boca do forno, ou incorporava Didi para driblar a cozinheira por entre as pernas. Depois corria para o quarto, jogava a bola para o alto e a agarrava no ar, mergulhando na cama à imagem inesquecível do goleiro Castilho, que eu tinha visto com meus olhos pegar um pênalti no dia 2 de fevereiro de 1951 em São Paulo; carioca como eu, minha mãe me levara com meus irmãos para ver o Fluminense jogar contra o Palmeiras no estádio do Pacaembu. Já no ano de 1987, igualmente num 2 de fevereiro, mas num subúrbio carioca, Castilho mergulharia no vazio pela janela do seu apartamento no sétimo andar, selando o aniversário daquele voo que vi com meus olhos, quando defendeu o pênalti batido pelo goleador do Palmeiras. E meio segundo antes de estraçalhar a cabeça no asfalto, é possível que ele tenha se lembrado de que o juiz mandou o goleador repetir a cobrança. O Fluminense acabou perdendo o jogo e lamentei não ter guardado o nome do juiz, para escrevê-lo num papelucho e dar para o macumbeiro costurar a boca de um sapo com o nome dentro. Porém agora, naquele exato momento, às 16h de 27 de junho de 1954, Castilho devia estar se aquecendo no vestiário decidido a se vingar do juiz ladrão, fechando o gol da Seleção Brasileira como quem costura a boca de um sapo. E às 16h45, hora em que os times estavam prestes a entrar em campo, ouvi o chamado: Brasiliano!

Eu nunca tinha visto uma televisão de verdade, só um simulacro experimental exposto num parque de diversões. E agora o Amadeo me levava correndo à Via Topino, onde funcionava uma loja de eletrodomésticos que recentemente passara a vender a grande novidade. Havia uma aglomeração defronte da vitrine e o Amadeo pediu prioridade para o brasiliano bem na hora em que a banda acabava de executar nosso hino. Envaidecido, grudei o nariz na vitrine a uns dois metros de distância de meia dúzia de aparelhos de televisão dentro da loja. Às vezes a imagem numa tela se punha a rodar para baixo, no que era imitada pelas outras telas, e o vendedor vinha regular uns botões para aplacar nossos protestos. A transmissão também apresentava uma espécie de chuvisco, que se misturava à tromba-d'água que caía em Berna encharcando o gramado. Os jogadores tomavam suas posições em campo e, mesmo com a imagem em preto e branco, eu identificava o amarelo da nossa camisa e o vermelho dos húngaros. Lá estavam o Castilho, o Pinheiro, o Didi, nomes que eu não me furtava a recitar em voz alta sem molestar os telespectadores ao meu redor. Ao contrário, eles estavam admirados de ver pela primeira vez um brasileiro de carne e osso e me pediam informações suplementares às do locutor italiano: não, o centromédio Bauer não era alemão, não, o centroavante Índio não morava na selva, nem os laterais Djalma Santos e Nilton Santos eram irmãos, tanto que um era preto e o outro, branco.

O estádio Wankdorf, menor que o nosso Maracanã, estava repleto e exalou como que um rugido quando os húngaros deram a saída. Os brasileiros pareceram assustados, perdiam a bola no ataque, batiam cabeça na defesa, e logo aos quatro minutos Hidegkuti abriu o placar. A bola carambolava entre os nossos zagueiros, obrigando Castilho a sair catando cavaco na lama e deixar o gol aberto para o atacante adversário. Castilho tampouco teve culpa no segundo gol, apenas três minutos mais tarde, quando Kocsis apareceu por trás de Pinheiro, saltou sozinho e cabeceou para o fundo da rede. A mim pareceu claro que o húngaro estava em posição de impedimento e foi o que eu disse ao Amadeo: *fuorigioco!* Mas os jogadores brasileiros não protestaram e o Amadeo me olhou achando graça não sei do quê. Na nossa calçada a torcida se dividia entre os dois times, no entanto só eu comemorei para valer quando Djalma Santos marcou de pênalti nosso primeiro gol. Aí a chuva de Berna despencou sobre as nossas cabeças em Roma, e menos mau que acabou o primeiro tempo. Todo mundo se abrigou num café ao lado para fumar um cigarro e tomar vinho da casa ou cerveja, além de

Fernet, Sambuca e grapa. Eu tinha uns trocados para uma Coca-Cola, mas o Amadeo não quis beber sua metade, disse que não gostava. Quando retomamos nossos postos para o segundo tempo, a chuva não tinha cedido e os homens falavam bem mais alto que antes. Alguns entraram na loja a fim de ver o jogo a seco, mas o vendedor se opôs, afirmando que o estabelecimento era reservado aos clientes. Ainda reclamou dos sapatos molhados no carpete e foi chamado de lambe-botas e lambe-bunda do patrão, insultos que aprendi na hora com o Amadeo. Nisso surgiu lá dos fundos o próprio gerente, que ameaçou chamar os carabineiros e, não satisfeito, mandou o lambe-botas desligar os televisores. Então o pessoal que ficara ensopado ao relento rapidamente elegeu um comitê de três representantes para apaziguar os rebeldes e negociar com o gerente o religamento dos aparelhos. Após a retirada dos invasores, o gerente fez um pouco de cu--doce antes de ordenar ao lambe-bunda que atendesse à reivindicação da turba de desocupados. As imagens voltaram aos quinze minutos do segundo tempo e o placar permanecia em 2 a 1 para os húngaros, quando o juiz inglês apitou um pênalti inexistente contra o Brasil. Dessa vez não fui o único a se manifestar, pois metade dos telespectadores tomou o meu partido contra os que davam razão ao juiz, e de parte a parte começaram os gritos de comunista! e fascista! Ignorante em política, eu tinha certa simpatia pelos comunistas por causa do Amadeo, que aprendera com o pai a cantar A Internacional. No entanto, os que torciam pelo Brasil acusavam mister Ellis, o juiz, de participar de um complô financiado por Moscou para favorecer a Hungria. Eu não podia ficar contra o Castilho, que mergulhou em vão na tentativa de defender mais aquele pênalti fajuto, assinalado por mais um juiz ladrão. Eu tinha mesmo que gritar olé vendo o Didi dar dois chapéus nos comunistas, e quando o Julinho marcou nosso segundo gol com um chute de trivela, berrei de alegria e de dor porque alguém atrás de mim me deu um cascudo. Daí em diante os ânimos foram se exaltando lá e cá; dois telespectadores se estapearam na calçada e no estádio Wankdorf Nilton Santos e Bozsik foram expulsos após troca de socos. Perto do fim do jogo os húngaros fizeram 4 a 2 e o Amadeo me chamou para dar o fora, porque as pessoas se engalfinhavam no meio da Via Topino se xingando de stalinistas ou mussolinistas e já se ouviam as sirenes dos carabineiros. Ainda deu para ver na televisão um quebra-quebra envolvendo os atletas dos dois times, os técnicos, os dirigentes, jornalistas, policiais e até o Puskás, que assistira ao jogo da tribuna. O Amadeo continuava com aquele sorriso besta na boca, e na esquina da Via San Marino se despediu batendo continência. Respondi que ele tinha cara de pobre e que nunca mais ia tocar na minha bola.

17.

Conduzi a bola nos pés até a quitanda, mas o Amadeo não quis disputar comigo um torneio de pênaltis. Nem se dignou a falar não, ficou de cara amarrada se fazendo de surdo com a boina enterrada na cabeça, empilhando maçãs amarelas. Perguntei quanto custava a unidade, mas perguntei por perguntar, sabendo que ele não responderia. Foi a pedido da mãe que o pai catou debaixo do balcão e me entregou de graça uma maçã vermelha um pouco amolecida. Como eu não pretendia passar tão cedo em casa, depois de ter rasgado o livro do meu irmão, que tinha furado os pneus da minha bicicleta, deixei a bola no chão ao lado dos sacos de batata e mandei o Amadeo ficar de olho.

Para nos distrair nas férias, minha mãe nos levara uma vez à praia de Ostia, a mais próxima de Roma, de areia dura, quase preta, e apinhada de veranistas que se trocavam em cabines. Já Roma nesses dias era como uma cidade abandonada, sob um calor mais seco que o do verão no Rio. Atravessei o Viale Gorizia e desci a Via Ajaccio na dúvida se era proibido andar em Roma sem camisa, como se anda no Rio em dias de canícula. Mas na esquina da Via Corsica vi sentado no chão um homem sem camisa que me pediu a maçã que eu não ia mesmo comer. Logo fui abordado por um sujeito de barbicha, gravata-borboleta, camisa social e uma bota velha de couro ralado. Apontou o mendigo com a maçã na boca, disse que os meridionais eram uns porcos, depois veio caminhando comigo e perguntou pela Via Capodistria, que era só seguir em frente. Dobrei à esquerda na Via degli Appennini e achei bacana tomar à direita o Viale Pola, nome da cidade natal de Alida Valli. Desabotoei a camisa e peguei a assobiar na rua deserta pensando em seguir até a Villa Mirafiori, onde me refrescaria num parque arborizado e quem sabe molharia a cabeça numa fonte. Cem metros adiante, porém, avistei de novo o da gravata-borboleta, que dera não sei que voltas para ressurgir na minha frente. Atravessei a rua para não topar com ele, que veio ao meu encontro me avisando para ficar atento aos meridionais, que eram uma raça perigosa. Se vissem andar na rua à toa um menino de olhos azuis e calças curtas como eu, ainda mais com o peito nu, não hesitariam em fazer maldades. Ofereceu-se para me levar a um esconderijo que só ele conhecia, mas eu não estava gostando da conversa. Eu estava enjoado de ouvir falar aquelas coisas do povo de Nápoles para baixo, que eram todos uns bandidos mafiosos ignorantes e tudo de ruim. Eu não tinha nada contra calabreses ou sicilianos, e dizer que os meridionais são preguiçosos era uma injustiça com as cozinheiras sardas, que lá em casa trabalhavam o dia inteiro, dormiam no emprego e ainda me serviam umas provoletas à hora que me desse vontade. Tentei me desvencilhar do sujeito no Viale Pola, dobrando à direita de supetão sem me dar conta de que era uma rua sem saída. Ao me sentir acuado estremeci, mas naquele momento um morador gordo de camiseta regata se debruçou na janela e o da barbicha disse que só queria me proteger dos malfeitores. Sorriu com dentes marrons, me ofereceu uma bala de alcaçuz e saiu do beco virando à direita na direção da Nomentana. Tomei o Viale Pola no sentido inverso, dobrei à direita na Via Giulio Alberoni, e não sei como o maluco apareceu de novo na minha cola. Apertei o passo até o Viale Gorizia, onde pensei em fugir em disparada, mas senti que ele era homem de correr atrás e gritar pega ladrão. Então ameacei denunciá-lo ao juizado de menores, mas ele continuou a me seguir de perto, me chamando entredentes de meridional filho da puta. Ao chegar à esquina da Via San Marino, mostrei-lhe o dedo do meio e me atirei dentro da quitanda. A bola de futebol ainda estava entre as batatas, só que murcha que nem os pneus da bicicleta.

18.

Minha mãe, como de costume, foi injusta comigo ao arbitrar minha desavença com meu irmão mais velho. Era razoável que sacrificássemos parte da nossa parca mesada para reparar os prejuízos da escaramuça mais recente. Para mim sairia até barato; por umas cinquenta liras o borracheiro remendaria num instante a câmara de ar dos pneus da bicicleta. Minha mãe julgou, entretanto, que seria mais pedagógico cada qual pagar por seus próprios atos, e a mim caberia restituir ao meu irmão um exemplar em perfeito estado de Yolanda, a Filha do Corsário Negro, de Emilio Salgari. Isso depois de eu ter concedido em comprar goma-arábica e colar uma por uma as páginas do livro que rasgara, o que a meu ver corresponderia a receber de volta não uma bicicleta zero quilômetro, mas com pneus remendados. Minha argumentação era cristalina, porém fui derrotado pelo voto de Minerva do meu pai, para quem danificar um livro era crime inafiançável.

A biblioteca do meu pai era uma mixaria, comparada à livraria Hoepli da Galleria Colonna. Eu já tinha passado por perto, mas não era permitido entrar de bicicleta na galeria. E mesmo que fosse, eu era um ciclista compenetrado, não pedalaria olhando as vitrines ao redor ou aquele teto tão alto e esplendoroso com seus vitrais. Eu chegara à galeria depois de me perder no centro da cidade, distraído por esculturas e chafarizes que nunca tinha parado para ver. Quando vi, me achava em estado contemplativo à beira do Tibre, à altura da ilha Tiberina e do bairro do Trastevere na margem oposta. Mais a montante avistei um par de pinheiros-mansos, a árvore típica de Roma que minha mãe amava. E pelas águas verde-amarronzadas do rio descia um galho seco desse pinheiro, depois de quase encalhar mais de uma vez nas margens da ilha. Vinha moroso, dando a impressão de querer se agarrar nas pedras, parecendo a mão de um esqueleto resvalando no limo. Trombava em qualquer obstáculo no caminho, como se resistisse a ir embora de Roma, até sumir numa curva do Tibre, que logo desaguaria junto à praia de Ostia. Como os dias de verão eram longos e eu não tinha relógio, achei por bem pedir informações numa tabacaria para chegar a tempo ao meu destino.

À distância, o grupo andando em círculos ao redor de uma coluna lembrava prisioneiros a se exercitar num pátio ensolarado. Mas eram turistas americanos, eles de bermudas e camisas suadas, elas de calças compridas e chapéu de palha, abanando leques. Com câmeras penduradas no pescoço, os turistas se arrastavam sob o comando de um guia com tom de voz autoritário e inglês ruim. Eu também já tinha visto aquela coluna no centro da Piazza Colonna, sem reparar nos baixos-relevos que a rodeavam em diagonal, como uma história em quadrinhos a ilustrar as batalhas do imperador Marco Aurélio contra os bárbaros. Desses eventos históricos eu acabava de saber pelo guia, que após cerca de vinte voltas à coluna desistiu de apressar os retardatários e abreviou o desfecho do seu relato. Pôs-se a contornar a coluna em contramão para cobrar de cada um o devido cachê, sem descuidar dos que haviam desertado e se refugiaram na sorveteria da Galleria Colonna.

A livraria Hoepli tinha três andares abarrotados de livros e eu não sabia por onde começar a busca do romance de Emilio Salgari. Um vendedor atrás do balcão não me deu tempo de completar a pergunta e apontou um mezanino no fundo da loja. Chegando lá, dei com crianças sentadas no chão lendo Pinóquio em quadrinhos ou gibis do Sciuscià. Voltei ao nível da rua e dei com outro vendedor que carregava uma pilha de livros e sem se deter me mandou subir ao departamento de literatura infantojuvenil no segundo andar. Ali, de fato, não demorei a encontrar uma estante com duas prateleiras repletas de obras de Salgari. O Corsário Negro, Os Corsários das Bermudas, A Rainha das Caraíbas, Os Últimos Flibusteiros, tinha de tudo ali, menos o livro do meu irmão. Um vendedor mais solícito, no alto de uma escada de correr, me informou que a Hoepli não dispunha de estantes suficientes para expor os noventa romances de Emilio Salgari, sem contar os mais de cinquenta apócrifos publicados pelos filhos depois do seu suicídio. Sugeriu que eu voltasse com mais tempo outro dia, pois era provável que Yolanda, a Filha do Corsário Negro estivesse no depósito do subsolo. Nisso um cliente com ares de intelectual perguntou por Gramsci ao vendedor, que desceu a escadinha num pulo. Se eu já não tivesse ouvido em casa o nome desse escritor, apostaria que Gramsci era o dono da livraria Hoepli, tamanho o afã do vendedor em agradar ao novo cliente. Segui-os ao departamento de não ficção no terceiro andar, esperando alguma brecha para tratar do meu assunto, pois com boa vontade os livreiros talvez me facultassem ainda hoje o acesso ao depósito. Percebi, porém, que o colóquio dos dois ainda se alongaria, já que o vendedor se revelara um especialista em Gramsci e recomendava alguns ensaios recentes sobre o autor expostos numa bancada central. Ali se viam os lançamentos acadêmicos da temporada e, num relance, vislumbrei na capa de um livro um nome familiar. Sim, não era uma miragem, era quase como ler meu próprio nome acima do título de um livro que eu não conhecia em italiano: Alle Radici del Brasile. É o livro do meu pai!, falei alto, interrompendo o vendedor e o intelectual. É o livro do meu pai!, falei sozinho descendo a escada. É do meu pai, falei mostrando o livro a um vendedor no mezanino. É o livro do meu pai!, falei no térreo para o caixa, que me respondeu: duas mil e duzentas liras. Preteri Yolanda, a Filha do Corsário Negro pela edição italiana de Raízes do Brasil, e meu irmão não ousaria me bater por isso. Se o fizesse, pela primeira vez na vida minha mãe tomaria as minhas dores.

19.

Aos domingos, dia de folga das empregadas, vez por outra almoçávamos no restaurante Glicine, logo ali no Corso Trieste 99. Tínhamos praticamente uma mesa cativa, na verdade três mesas que os garçons juntavam ao ver a família despontar na esquina. Já nos conheciam pelo nome ou por apelidos, e fiz camaradagem com o Peppino, que aprendeu a me chamar de Chico pronunciando Tico. E toda sexta-feira à noite, quando meus pais jantavam fora, era minha incumbência buscar no Glicine as pizzas para mim e meus irmãos. Assim que eu entrava, o Peppino me acomodava numa mesa redonda com toalha de linho, me oferecia uma cesta com grissini, me servia uma taça com dois dedos de vinho e mandava a cozinha preparar as pizzas do senhor Chico. À saída eu pegava embalo na bicicleta e fazia as curvas com jogo de corpo, as mãos apertando o embrulho contra o peito para sentir o cheiro e o calor das pizzas de mozzarella que chegavam em casa ainda fumegantes. E pensar que antes de Roma pizza não existia para nós, era um prato que só se comia em poucos redutos de imigrantes napolitanos em São Paulo. Agora que há pizzarias em cada canto do mundo, se eu fosse dado a nostalgias lamentaria nunca mais ter provado o verdadeiro sabor de pizzas e calzones da minha infância. Mas caso um dia eu ficasse pobre e tudo me faltasse no Brasil, inclusive os direitos autorais por este malfadado livro, delivery de pizza poderia em tese ser meu ganha-pão, visto que ninguém desaprende a andar de bicicleta. Se não morresse atropelado, eu passaria horas serpenteando entre automóveis e ônibus no Rio de Janeiro, pois talento e experiência para tanto não me faltariam. E a fim de vencer as ladeiras, minha maior ambição na vida seria um dia comprar uma moto, a modo das vespas e lambretas romanas, que eu dirigiria que nem um doido carregando nas costas uma bolsa térmica do tamanho de um baú.

Numa dessas sextas-feiras aconteceu de um casal de brasileiros aparecer para jantar no Glicine. Antes de vê-los escutei suas vozes no salão e demorei a acreditar que eles falavam português. Aquele era um restaurante de bairro residencial, fora do circuito turístico e desabituado a receber estrangeiros. O marido, porém, insistia em se dirigir aos garçons alto e bom som em português, e deve ter sido por isso que o Peppino foi escalado para servir sua mesa; de tanto ouvir nossa família ele já pescava alguma coisa do idioma. A mulher era morena clara, ainda nova, menos maquiada que as italianas em geral, e o marido cinquentão tinha bigodes espessos e usava brilhantina. O diálogo deles não sou capaz de reproduzir tal e qual, mesmo porque muita coisa parecia falada em código. Mas desde a minha chegada ele vinha implicando com o restaurante, indicado por uma amiga dela justamente por ser discreto e afastado do centro. Ele tinha ouvido falar maravilhas de uma certa Osteria dell'Orso, que a mulher preferia evitar por ser muito frequentada por brasileiros, tanto turistas quanto o pessoal da embaixada. Entre um e outro gole de vinho, eles passaram a falar de política brasileira, e portanto de Getúlio Vargas, que na opinião do marido deixaria em breve a Presidência da República por bem ou por mal. Ela esperava que a Aeronáutica, depois do atentado, tomasse uma atitude, e ele achava um absurdo ver o Palácio do Catete transformado num antro de ladrões e pistoleiros.

— Para mim, basta — disse o marido afastando o prato.

—Você não comeu nada, amor.

— O espaguete está duro.

— É ao dente que eles dizem.

O marido chamou o garçom estalando os dedos e o Peppino fez que não ouviu. Só os atendeu quando a mulher falou com educação: *prego, signore*.

— É costume falar *prego*, amor. *Prego* é por favor.

— Ele não me faz favor nenhum, eu pago dez por cento de serviço.

O Peppino equilibrou nos braços pratos e talheres, com um espaguete à carbonara pela metade, mais os pratinhos de azeitonas e a travessa do couvert. Nem bem virou as costas e o marido o chamou de novo: psiu. Ordenou que providenciassem a conta e se disse arrependido de não ter jantado com a mulher no quarto do hotel. Ele não via a hora de voltar ao Excelsior a fim de fazer aquilo ali com ela.

— Que aquilo ali, amor?
— Aquilo que você gosta ali, benzinho.
— Mas hoje não pode ser normal?
— Normal você faz com o seu marido.
— Só deixo ali se você falar *prego*.
— *Prego*.

Desataram a rir e o Peppino ficou plantado assistindo a um lento beijo de língua. O homem pagou a conta em dólares e mandou chamarem um táxi. O Peppino disse à mulher que táxis passam a toda hora no Corso Trieste, basta levantar um braço. Em seguida ele me trouxe o embrulho com as pizzas, que eu até deixaria esfriar para escutar mais um pouco da conversa do casal. Mas eles saíram do restaurante com pressa e ainda davam risada ao entrar no táxi preto e verde. Achei que morreria sem saber o que é aquilo ali.

20.

IL PRESIDENTE GETULIO VARGAS SI È UCCISO. O presidente Getúlio Vargas se matou com um tiro no coração. Atmosfera de revolução no Rio. Tanques nas ruas da cidade. SI È SUICIDATO IL PRESIDENTE GETULIO VARGAS. O testamento político de Vargas: nada mais vos posso dar, a não ser meu sangue. A polícia dispara contra a multidão matando duas pessoas. TRAGEDIA A RIO: SI È UCCISO IL PRESIDENTE VARGAS. Mais de um milhão de pessoas tentam chegar ao velório. Apedrejada a embaixada dos Estados Unidos. Manchetes no Il Messaggero, no Corriere della Sera, em todos os jornais expostos na banca. BRAZILIAN PRESIDENT FOUND DEAD. Em sua carta-testamento o presidente lastimava que seus esforços para "libertar" o povo do Brasil tivessem sido sabotados por interesses estrangeiros; as aspas eram do jornal inglês. Fiquei curioso de saber o que os jornais brasileiros diziam, mas eles não eram vendidos nem nas grandes bancas do centro. Pensei no jornal que meu pai assinava e que, por algum motivo, não publicava notícias nacionais na primeira página. Quem sabe aquele diário daria uma manchete para Getúlio Vargas, agora que sua morte era notícia internacional. DRAMMATICA SITUAZIONE NEL BRASILE. Assume o vice-presidente Café Filho. Forças Armadas defendem candidatura de união nacional nas próximas eleições. Populares incendeiam furgões do jornal O Globo. VIOLENTE MANIFESTAZIONI A RIO, BELO HORIZONTE E PORTO ALEGRE. Eu já não podia me queixar de ter nascido num país que ninguém sabia onde ficava.

Meus pais também se opunham a Getúlio por seu passado como ditador. Quase ninguém das minhas relações gostava dele em São Paulo, desde a dona Aracy até os professores e pais de alunos do meu colégio primário. A exceção era a minha babá, que agora na certa chorava por ele no Brasil. Essa xavante ajudou a nos criar, a mim e aos meus irmãos, tendo chegado em casa ainda mocinha, vinda de uma aldeia na Amazônia para o Rio. Era grata à minha mãe, que a ensinou a ler e escrever, mas ai de quem lhe falasse mal do Velho, como chamava Getúlio Vargas. Ela sofria de reumatismo e não tinha mais saúde para caminhadas, porém assim mesmo esmiucei as fotos dos jornais na esperança de encontrá-la nas ruas do Rio. Era visível a expressão de desamparo na cara de cada criatura naquele povaréu que me lembrava um elenco multiplicado do filme dos cangaceiros. O jornaleiro, que me conhecia por alto desde meus primeiros tempos em

Roma, e que me tomava talvez por um mexicano, ou marroquino, agora compreendeu de onde eu vinha e me olhava consternado. Apontou a capa do jornal Paese Sera e observou que Getúlio Vargas no caixão tinha um rosto sereno. Vi as pessoas debruçadas no caixão, vi o povo lotando praças e avenidas, por um longo tempo vivi tão dentro daquelas fotos, que de volta a casa me pareceu andar numa cidade fictícia. Passava da hora do almoço, mas eu não tinha fome, e ao me ver chegar à esquina o Amadeo tirou a boina e baixou a cabeça. Sua mãe disse que rezara pela alma do meu presidente e o pai saiu dos seus cuidados para me entregar um saco de ameixas. Estavam para se encerrar as férias de verão, e eu já me via sendo recebido na escola como um órfão.

Meus pais estavam trancados no quarto e assim permaneceram a tarde inteira. Eu às vezes me perguntava se eles ainda faziam sexo, como o Archie garantia que os seus faziam diariamente. Ele nos divertia na escola imitando os gemidos e uivos dos pais, e um belo dia descobriu no closet da mãe uma fantasia de coelhinha da Playboy. Meu pai, vá lá, mas minha mãe eu não conseguia conceber pelada na cama, nem na penumbra do quarto de venezianas fechadas. Não fosse pelos sete filhos ali presentes, eu juraria que ela nunca tinha ido além de um beijo nas faces com meu pai. Durante aquela tarde eles talvez apenas se entreolhassem sem saber o que falar, talvez com o abajur aceso e a sombra de um remorso, enquanto o rádio da cozinha transmitia a todo o volume a repercussão do suicídio de Getúlio Vargas. Meus pais eram adversários políticos do Getúlio, mas nem por isso festejariam sua morte. Acho que até mesmo os pais do Archie cumpririam uns dias de abstinência, caso o suicida fosse o presidente Eisenhower. Mas pelo que aprendi nas aulas de História da América, os Estados Unidos tiveram trinta e quatro presidentes e, que se saiba, nenhum jamais cogitou em se matar.

21.

Meus colegas não sabiam quem foi esse homem e em questão de dias o nome de Getúlio Vargas sumiu dos jornais italianos. Em busca de notícias atualizadas, meus pais passaram a telefonar amiúde para o Brasil, mas eram ligações via telefonista que demoravam a se completar, quando não eram canceladas. Falava-se em meio a chiados, ecos, estática, e as conversas eram rápidas por causa da tarifa: alô, como vai?; e a inflação?; e as Forças Armadas?; até logo. Minha mãe ficava na ponta dos pés para alcançar o bocal do telefone de parede, enquanto meu pai se abaixava para colar o rosto no dela e dividir o fone receptor. Aos meus olhos era uma rara manifestação de afeto, eles assim *cheek to cheek* como no foxtrote que minha irmã mais velha cantava. Depois dos telefonemas eles iam confabular no quarto, porque política não era assunto para crianças. Mas assim que ficava sozinho em casa eu me arriscava a ligar para um primo no Rio, único número de telefone que sabia de cor: alô, como vai?; e os generais?; e o salário mínimo?; e o meu Fluminense?; e o seu Botafogo? Como meu primo era nulo em política, logo passávamos a falar do campeonato carioca de futebol, das ondas na praia de Ipanema e dos filmes em cartaz nos cinemas de Copacabana. Só tive de renunciar a essas falações no mês seguinte, quando minha mãe recebeu a conta da companhia telefônica e suspendeu suas próprias chamadas internacionais. A partir de então falávamos com o Brasil somente quando nos ligavam de fora, e esses telefonemas foram escasseando. *No news is good news*, assim se dizia, mas tamanha calmaria me dava nos nervos. No fundo eu gostava quando o telefone tocava a altas horas e minha mãe se levantava correndo para atender na sala. Se ela não chegasse a tempo, eu torcia para que tornassem a ligar em seguida, senão era sinal de que nada de mais sério havia ocorrido. Por causa desses desavisados que não levavam em conta a defasagem do fuso horário, sugeri à minha mãe que mandasse instalar uma extensão telefônica no seu quarto; na casa dos meus colegas havia extensões em todos os cômodos, até ao lado da privada no banheiro. Ela não estava a par dessa tecnologia, mas de qualquer maneira uma extensão deveria custar uma fortuna. E não valia a pena fazer benfeitorias num imóvel alugado que a gente deixaria em breve. Não, não nos mudaríamos para o Parioli, como sempre sonhei. Voltaríamos ao Brasil antes do fim de ano e isso para mim era novidade.

Não é que eu me houvesse apegado a Roma além da conta. O que me perturbava era ter de suportar outra vez os engulhos no navio, um novo endereço, uma casa esquisita, as botinas estrangeiras, as risadas dos meninos de rua. Sem contar os parentes e amigos que eu não reconheceria, e o feijão com arroz de cujo gosto e consistência eu não me recordava mas que de modo algum desbancaria a *pasta asciutta* das cozinheiras sardas. Também pode ser que eu deixasse Roma sem fazer drama por pressentir que estaria de volta em dez, quinze anos no máximo. Realmente, retornei a Roma inúmeras vezes e, ontem como hoje, amo falar e ouvir a língua italiana quase como se fosse a minha. No entanto, há sempre alguma coisa na cidade que me provoca um vago mal-estar. Eu saía por aí só e despreocupado por belas praças e ruas tantas vezes caminhadas, quando do nada, ao dobrar uma esquina, deparava com uma espécie de névoa que me envolvia e me acompanhava de volta ao hotel. E mesmo deitado na cama king size do quarto do Excelsior, eu sentia às vezes um aperto na garganta sem saber a que atribuir, talvez àquelas poltronas clássicas que me lembravam o hotel de uma viagem anterior. Nessa viagem anterior, talvez eu me sentisse deslocado em ambientes públicos, o que me fazia regressar mais cedo ao Albergo Nazionale e respirar fundo no quarto com poltronas de veludo verde. Esse mobiliário talvez me angustiasse por remeter de algum modo às poltronas rococó com estofamento roxo no bar de um hotel anterior àquele, onde surpreendi minha mulher pensando em outra pessoa. A bem dizer, essa impressão de estar sendo abandonado já vinha de outras estadias em outros hotéis de Roma, e outros e outros, mas o verdadeiro mal-estar que então me perseguia devia remontar aos escuros tempos de ditadura em que me exilei por mais de um ano na cidade. E já me revejo na recepção do hotel Raphael atendendo a um telefonema urgente do Brasil: o que houve?; como assim?; o ascensorista ainda não apareceu?; a filha do mágico continua doente? As ligações já não eram tão precárias quanto outrora, mas os diálogos pareciam evasivos porque havia palavras e nomes que não convinha pronunciar. Mesmo assim, acredito que o mais profundo mal-estar vinha de antes ainda, e me intriga que durante o longo tempo ocioso que vivi adulto em Roma, nunca me tenha ocorrido visitar os lugares da minha infância. Pode ser que na Via San Marino eu descobrisse finalmente a origem de todo o meu mal--estar. Mas também é possível que esse mal-estar nunca tenha existido, só existe agora que me lembro dele.

22.

Toda vez que voltava de um passeio a pé ou de bicicleta, eu tracejava no mapa de Roma os caminhos recém-percorridos. Era um mapa de bolso que eu tinha roubado do meu irmão mais velho e que começou a se desintegrar com o desgaste nas dobras do papel. Quando o mapa se repartiu de vez em dezesseis retângulos, procurei encaixá-los como peças de um quebra-cabeça. Colei-os por trás com fita adesiva, mas as junções ficavam imprecisas, as ruas e avenidas se descontinuavam e acabei perdendo o gosto por aquela tarefa. Coincidiu de naqueles dias eu acompanhar minha mãe à papelaria, onde ela ia comprar material de escritório para o meu pai, e na parede estava pendurado um grande mapa de Roma que me encheu os olhos. Rolos de cartolina com mapas idênticos estavam à venda numa prateleira e minha mãe não poderia me negar aquele mimo, nem que o descontasse da minha mesada. O vendedor ainda me deu de brinde um canudo da minha altura para acondicionar o mapa, que eu estava ansioso para estender sobre a mesa de jantar em casa. Assim o fiz, e depois de apreciá-lo de longo a longo por horas e horas, eu o virei de borco, alisei contra a mesa e apontei meu lápis. Eu já havia desenhado outras cidades em cadernos escolares ou nos papéis ofício do meu pai, mas não numa superfície daquelas dimensões. Agora, no verso do mapa de Roma, eu projetava minha cidade imaginária, que por acaso também era cortada por um rio com uma ilha no meio e tinha muitas praças com fontes, além de basílicas, arcos, muralhas e ruínas aqui e ali. Meu maior prazer era detalhar o urbanismo do centro histórico, as bifurcações, a tortuosidade de ruas muitas vezes truncadas, como que pavimentadas sem planejamento a partir de casas e palácios preexistentes. Meu único senão no local de trabalho era a falta de privacidade, pois chegando à sala para o jantar meus irmãos desdenhavam da minha cidade antes que eu a recolhesse. Diziam que era um arremedo de Roma, que era uma Roma invertida, mas eles não entendiam nada; eu estava impregnado de Roma, eu a recriava de dentro para fora. Quem me prestigiava era minha irmã mais velha, a artista da família, estudiosa de Michelangelo, Leonardo e Caravaggio; ela disse que eu tinha talento, viu em mim um futuro arquiteto e urbanista. Quando a cidade ficou pronta, enfiei-a no canudo e a dei de presente à minha irmã para ela esconder junto com o violão no fundo do guarda-roupa.

Meus pais não sabiam se teriam nova oportunidade de viajar à Europa, por isso procuraram usufruir ao máximo aquela nossa presença. Usufruir, para eles, significava sobretudo fazer programas culturais, visitar museus e igrejas barrocas, excursionar por cidades vizinhas nos fins de semana em companhia da minha irmã mais velha. E para a última semana de férias da universidade, combinaram uma ida a Paris, onde trocariam o dia pela noite, topariam quiçá com existencialistas, conheceriam o teatro do absurdo, visitariam com minha irmã exposições de arte moderna, assistiriam a espetáculos de balé e concertos de orquestras consagradas que nunca chegariam ao Brasil. As crianças mais novas ficaram internadas no *asilo* de Roma, mas nós, meninos, acabamos indo com eles no trem porque não tinham com quem nos deixar. Eu, que tanto ouvira falar da Cidade Luz, achei Paris mais escura que Roma, com mais gente mutilada na rua, mendigos dormindo sob as pontes. Pelos jornais expostos nos quiosques, deduzi que o país ainda amargava a derrota na Guerra da Indochina, e não sei se era por isso que os franceses andavam emburrados, alimentando cães e enxotando crianças. Como eu não falava francês e meu inglês era mal recebido, aprendi o vocabulário básico: *baguette, jambon, jeton* e *métro*. Eu era o primeiro a acordar e todo dia entrava no mesmo café, pedia um sanduíche de presunto e fazia render meus jetons na máquina de flipper, a coqueluche do momento. Mas a maior parte do dia eu passava no metrô, que para mim também era novidade. Eu me sentia bem com a trepidação lá embaixo, e munido de um único tíquete circulava à vontade até a hora do fechamento, quando os imigrantes portugueses vinham proceder à limpeza e aos reparos. E acabou que fiquei conhecendo a Paris subterrânea melhor que a Cidade Luz. No último dia eu já tinha tracejado todas as linhas do meu mapa do metrô, sabia de cor os reclames nos seus túneis e onde filar jujubas de graça em máquinas danificadas. E numa parada na estação Victor Hugo, depois de me instalar no assento que um cego vagou, vi meus irmãos caminhando na plataforma. Senti uma súbita vontade de estar com eles, mas dei literalmente com o nariz na porta automática, que se fechou num zás-catrás. Saltei na estação seguinte, Étoile, mas fiz meia-volta antes da roleta, além da qual meu tíquete perderia a validade. Horas mais tarde, flanando na fervilhante estação Châtelet, avistei outra vez meus irmãos na plataforma oposta à minha, e nem bem acenei para eles, um novo trem chegou me tapando a visão. Corri escada acima de três em três degraus, atravessei um corredor a mil, desci voando uma escada rolante e não os alcancei, mas eu já nem sabia direito o que pretendia com eles. No entanto dei de cara novamente com os dois na estação Pigalle, saltando ao mesmo tempo que eu de outro vagão. Já era noite lá fora e eu tinha fome, mas se parasse para comer me perderia deles. Andei com meus irmãos em silêncio e reparei que, mesmo vestidos com camisas listradas iguais, ninguém prestava atenção em nós. Naquela parte de Paris havia mais estrangeiros do que em Roma, havia negros, havia asiáticos, usavam-se trajes de todo tipo, falavam-se línguas esdrúxulas e cintilavam luzes ao nosso redor; eu começava a amar a cidade na véspera da partida. Meus irmãos pareciam conhecer o bairro, pois caminharam com determinação até a entrada de um cabaré, onde contemplamos fotos de mulheres louras com os peitos de fora. Daí fomos passando de cabaré em cabaré olhando fotos de outras tantas louras e ruivas e negras com peitos de mamilos maiores ou menores, escuros ou rosados. No fim da rua um cinema exibia um filme de Martine Carol, conhecida como a atriz mais limpa de Paris, porque tomava banho em todos os seus filmes. O filme era proibido para menores, mas deu para notar que o bilheteiro fazia vista grossa, pois meninos com espinhas na cara e não muito maiores do que eu entravam na sala sem mostrar documentos. Meu irmão mais velho comprou seu bilhete e o do meio também, depois de alguma relutância do bilheteiro. Eu era azarado mesmo, já sabia que seria barrado, e me restou comer uma baguete com presunto e perambular de porta em porta de cabaré até enjoar de tetas e mamilos. Emparelhei com meus irmãos à saída do cinema e enchi o saco deles com perguntas: aparecia bunda?; aparecia periquita? Eles seguiram mudos como dois peixes e assim se vingaram de todos os males que lhes fiz na vida.

Corações baratos

Quem quizer corações baratos, trazendo conjuntamente um MENINO Jesus, para livrar das tentações, póde com 200 rs. comprar na afamada CASA DO SOL.
23—Quitanda—23   3—2

Massa para empadas

½ k de farinha de trigo
250 gr de margarina (ou 125 gr.
   de manteiga + 125 gr de banha)
2 ovos inteiros
2 chicrinhas mal cheias de água e sal

Bonequim

Com essa massa, forrar, untando de manteiga, 1 forma grande ou forminhas pequenas.
Antes de assar, colocar nelas um recheio, cru, feito com:

1 copo de leite
3 claras em neve
3 gemas
3 colheres de parmaison ralado
1 colher (de chá) de manteiga
sal — pimenta — noz moscada

23.

HAPPY THANKSGIVING DAY!!! No Dia de Ação de Graças um cartaz com letras fosforescentes acolhia pais e alunos no salão de festas da escola americana. Pendiam do teto bandeirolas, guirlandas e pencas de folhas outonais de plástico, e no bufê ao fundo sobressaíam gordos perus ao lado de tortas de abóbora, batatas-doces caramelizadas, compotas de amoras silvestres, marshmallow e semelhantes iguarias. Minha mãe resolvera fazer bonito e durante a tarde preparou, com o auxílio do seu velho livro de receitas e de mão de obra sarda, dezenas de empadas de queijo. Quando as tirou do forno, me pareceram um tanto esturricadas, mas ela se deu por satisfeita e as embalou numa caixa de pizza do restaurante Glicine. No ônibus confiou a caixa ao meu irmão mais velho, que a carregou no colo até chegar à escola, quando a passou para o irmão do meio. Ao nos aproximarmos do salão de festas o irmão do meio me empurrou a caixa, que tentei devolver ao primogênito. Este fechou os punhos, me deu dois cascudos e saiu com o irmão para o pátio, onde pais e filhos jogavam bumerangue e apostavam corrida de sacos. Enquanto minha mãe conversava com o frei Gordon e o frei Thomas, pousei a caixa tampada no canto mais discreto da mesa.

A bola oval eu até aceitava, só não jogava futebol americano porque minha mãe se recusava a comprar o capacete e as ombreiras, equipamento obrigatório. Desci do salão para o campo a fim de torcer pela Notre Dame contra a nossa grande rival, uma escola secular chamada American Overseas School. Fui principalmente para ver o Archie, único representante da minha classe na seleção da Notre Dame. Quando cheguei ele estava com a camisa 44 no aquecimento, correndo à beira do campo de lá para cá, de frente e de costas, ao tempo que o pai de short e tênis o incentivava batendo palmas ritmadas: hey, hey, hey. Já a mãe, que usava saia florida e óculos escuros, ultimamente eu só figurava vestida de coelhinha. Ela agora mediava a discussão entre o marido e o frei Howard, que vinha a ser o coach da nossa equipe. O pai do Archie estava furioso por ver a partida entrar no último quarto de tempo e o garoto sentado no banco, exausto de tanto se aquecer. O argumento do frei Howard era pertinente: a Overseas pusera em campo onze brutamontes, provavelmente estudantes do último ano, se não ex-alunos, e o Archie não tinha envergadura para aguentar os trancos. O pai do Archie terminou por ceder às instâncias da mãe, e olhando a cena pensei no meu pai, que ficaria meio ridículo com as pernas de fora consolando um filho à beira de um campo de futebol. Meu pai estava ficando velho, passara dos cinquenta anos, por pouco não tinha idade para ser o pai do pai do Archie. Mas eu gostaria de vê-lo pelo menos uma vez na minha escola, onde deviam achar que minha mãe era viúva. Eu gostaria de mostrar a todos que o meu pai não era qualquer um, era o único pai de aluno na escola americana com um livro publicado na Itália. Era o único titular de uma cátedra na Universidade de Roma, onde o curso de estudos brasileiros possivelmente fecharia as portas com sua partida. E nossa iminente partida era o assunto da minha mãe com os frades, a quem ela servia suas empadas quando voltei ao salão depois do jogo. O recinto já estava cheio de alunos, pais e professores famintos, e ainda ouvi minha mãe dizer ao frei Gordon que viveu em Roma os melhores anos da sua vida. Os perus eram fatiados com facas de açougueiro e distribuídos em pratos de papelão que os convivas completavam com salada de maionese, batatas ao forno, picles e outros salgados dispostos no bufê. Seguiram-se as sobremesas, e a comilança só cessou quando as badaladas de um sino elétrico nos convocaram para a cerimônia na capela.

 Deus generoso, obrigado pelos nossos amigos, por nos sentirmos seguros e felizes, por todas as coisas novas que aprendemos a cada dia. Era o frei Gordon puxando a oração: que possamos usar tudo o que aprendemos para ajudar nosso mundo a ser um lugar melhor, em nome de Cristo, Seu filho, amém. Eu não queria ficar, eu disse à minha mãe que preferia ir embora, já conhecia aquela lenga-lenga desde a festa do ano anterior. Um professor de cada classe se postaria no púlpito, faria uma saudação a seus pupilos e familiares e distinguiria com uma menção honrosa um cu de ferro qualquer a quem entregaria no altar uma caixa de brownies. Assim foram se sucedendo os salamaleques, e quando chegou a vez da minha classe, o professor escolhido foi mister Welsh, cujo longo prólogo e a piscadela que me dirigiu já me deixaram ressabiado. Eu não era o melhor aluno da classe, mas mister Welsh me convocou ao altar por ser um estudante querido de todos que infelizmente deixaria a Notre Dame no fim do ano. Disse ainda que, apesar do temperamento impulsivo próprio dos latinos, eu preservava uma alma sensível e um trato afável. Foi ao escutar a palavra afável que senti a palma da mão esquerda de mister Welsh ameaçando descer pelas minhas costas. Eu estava à direita dele, a mais de dois metros de distância, e não obstante tive a nítida sensação de que sua mão já deslizava por dentro da minha cueca quando ele declarou que os valores humanos adquiridos na nossa escola haveriam de me acompanhar pelo resto da vida. Percebi um burburinho na capela e vi quando o Archie soprou alguma coisa no ouvido do pai, que não conteve o riso. Mister Welsh prosseguiu seu discurso afirmando que, graças a Deus, eu encontraria meu país renovado, na trilha do progresso e da liberdade, e agora era como se ele cravasse as unhas nas polpas de minha bunda, o que obviamente só acontecia na minha imaginação. Contudo é fato que o pai do Archie repassou o segredo do filho para a mulher, que abafou uma risada e cochichou no ouvido da mãe do Sam e desta para o pai do Joe e assim por diante, como no jogo do telefone sem fio. À exceção da minha mãe e do frei Gordon, agora todo mundo nas primeiras filas se divertia às minhas custas, e não tive mais dúvida de que a escola inteira já sabia das intimidades que o professor havia se permitido comigo no passado. O pai do Archie era quem mais se esbaldava, sabedor de que mister Welsh jamais se atreveria a meter a mão no rabo do seu filho, sob pena de ser não somente expulso da escola, mas condenado ao cárcere por abuso de menores. Quanto a mim, eu era um menino brasileiro, de família brasileira, e brasileiros têm costumes sabidamente liberais, não se melindrariam por uma brincadeira à toa. Quando se aposentasse, talvez mister Welsh planejasse passar umas temporadas nas praias do Rio, onde selecionaria a dedo meninos mestiços com bundas palpáveis para levar a um quarto de hotel. Ao dispensá-los, não custaria nada lhes deixar uma gratificação, como a caixa de brownies que ele me entregou no fim do discurso.

    No ônibus de volta para casa entreguei a caixa de brownies ao meu irmão mais velho, que a passou para o do meio, que a devolveu para mim, que a atirei pela janela. Antes que minha mãe reagisse, eu lhe contei da minha revolta por ser motivo de chacota dos meus colegas e até dos meus irmãos. Aí ela sorriu, puxou minha orelha e me disse para deixar de ser tão egocêntrico, pois ninguém na capela estava falando de mim. A gente estava rindo do pum fedido do frei Gordon, disse meu irmão mais velho para escândalo da minha mãe, que como eu tinha horror a escatologia. Depois de uma pausa, meu irmão do meio arrematou: culpa da empada.

24.

Recordar é viver
Eu ontem sonhei com você
Eu sonhei
Meu grande amor
Que você foi embora
E logo depois voltou

Esse samba despontava como o grande sucesso do Carnaval de 1955, e quem nos trouxe o disco foi uma amiga da minha irmã que chegara à Itália para um intercâmbio cultural. Nos últimos dias em Roma tratei de aprender os versos e a segunda voz do samba, e de noite não cansava de cantá-lo em dueto com minha irmã ao violão, a fim de desembarcar com ele na ponta da língua. Ouvi dizer que a família em peso viria nos receber no cais do porto do Rio. Parece que à tarde haveria uma feijoada no apartamento de parentes em

Copacabana, e na certa estariam todos curiosos para ver e ouvir os italianinhos. Eu apostava que nos pediriam para falar umas palavras em italiano, nos perguntariam pela torre de Pisa, pelos canais de Veneza, pelo Vesúvio e coisa e tal, mas eu não teria paciência para aquilo. Ia querer mais era me inteirar com meu primo das gírias mais recentes do verão carioca, e assim que pudesse iria à praia para perder a cor de gringo que assumira em terras estranhas. Ia querer de volta o bronzeado que eu sempre pegava nas férias no Rio, para ostentar no regresso às aulas em São Paulo. Andaria a esmo, chupando Chicabon na areia fofa de Copacabana, até me enfiar numa roda de samba onde cantariam em coro o sucesso do próximo Carnaval. Às vezes, porém, sem querer eu talvez me pegasse assobiando Luna Rossa ou qualquer outra daquelas canções acumuladas na cabeça ao longo de dois anos. Agora mesmo me ocorreu o mambo que um rádio tocava no filme Roma, Cidade Aberta, em louvor às mulheres de Copacabana:

Laggiù a Capo Cabana
A Capo Cabana
La donna è regina
La donna è sovrana

Nas ruas de Roma não faltava quem dissesse que bom mesmo era o tempo de Mussolini, quando os trens não atrasavam um só minuto. Meus pais estavam longe de pensar assim, mas a notícia da greve dos ferroviários nos forçou a antecipar os planos de partida: em vez de tomarmos o trem noturno para Gênova, um micro-ônibus nos levaria numa viagem bem mais demorada. Minha mãe no fim das contas até gostou, pois durante o dia teríamos belas paisagens da Úmbria e da Toscana para admirar. E às vésperas do nosso bota-fora começou o entra e sai de carregadores lá em casa para encaixotar e embarcar num caminhão de mudança a livralhada do meu pai, os vidros de Murano, os objetos mais volumosos ou pesados. Fiz questão de acompanhar a embalagem da minha bicicleta, e nos caixotes com a vitrola e os álbuns de discos minha irmã mais velha mandou colar a etiqueta FRAGILE. O violão ela não despachou, iria para cima e para baixo com ele a tiracolo.

No dia da partida minha mãe determinou que estivessem todos a postos com seus pertences e de banho tomado para sair de casa ao meio-dia em ponto. Último da fila na porta do banheiro, acabei tomando um jato de ducha fria no lavabo do início do corredor, num chuveiro que ninguém usava no inverno. Eu queria dar um pulo na quitanda a fim de me despedir do Amadeo antes que chegasse o micro-ônibus. Como prova de amizade e de supremo desprendimento, resolvi presenteá-lo com a minha bola de futebol, a bola profissional que ele acreditava ter pertencido ao Ghiggia. Tinha nevado de madrugada, restavam lascas de neve suja na sarjeta, e encontrei o Amadeo a sós com a Graziella, uma espécie de namoradinha dele. Mais de uma vez, quando os pais estavam lá para dentro, eu a vi beijando a bochecha dele e sair com alguma fruta na mão. Comigo ela sempre foi simpática, e informada de que eu estava de partida, ao deixar a quitanda com uma tangerina também me deu um beijo, esbarrando de leve seus lábios nos meus. O Amadeo estava emocionado, prestes a chorar, não sei se pelo nosso adeus ou pela bola do Ghiggia. Ou quem sabe pela Graziella, que me esperava do outro lado da rua e me fez sinal para acompanhá-la. Caminhando com ela de mãos dadas no Viale Gorizia, preveni-a de que não poderia me afastar de casa, mas ela encasquetou de virar à direita na Via degli Appennini. Calculei que deviam faltar menos de quinze minutos para o meio-dia e ela andava devagar, com medo de escorregar no piso molhado. Na esquina seguinte parou um tempo indecisa, antes de virar à esquerda na Via delle Isole. Quando chegamos à Villa Paganini eu lhe disse que era hora de voltar, mas ela me arrastou pela mão para dentro do parque. Seguimos por um caminho de seixos onde um dia disputei uma corrida de tampinhas de garrafa. No gramado onde um dia joguei futebol ela se sentou e me instou a sentar na sua frente. Me entregou a fruta e me pediu que a descascasse, mas era quase impossível descascar uma tangerina usando luvas de lã. Então ela a tomou bruscamente das minhas mãos, enfiou o polegar no umbigo da fruta e a descascou me olhando nos olhos. Jogou fora a casca aos pedaços ali mesmo na grama e eu olhei em volta para ver se algum guarda não viria nos expulsar. A Graziella examinou a tangerina pelada, contou sete gomos e soltou um gritinho, me cumprimentando por ser tão sortudo. Sete era o número da boa fortuna, e apenas sete gomos numa tangerina era tão raro quanto um trevo de quatro folhas. Além do quê, por serem poucos os gomos, eram mais gordos e suculentos que o usual. Agradeci a informação, fiz menção de me levantar, mas ela me reteve enroscando suas pernas nas minhas e destacou um gomo da tangerina. Enfiou a mão por baixo da saia, e pelo estalido do elástico compreendi que tinha passado o gomo nas suas partes por dentro da calcinha. Mandou que eu cheirasse o gomo, que tinha um odor meio ácido, e me fez lambê-lo. A face áspera do gomo tinha um distante sabor agridoce, mas eu lhe jurei que jamais tinha provado coisa tão saborosa, porque necessitava de fato voltar para casa. Então ela jogou fora o primeiro gomo, esfregou outro dentro dela e me disse que com todo aquele açodamento eu jamais na vida teria prazer lambendo tangerinas. Dessa vez senti um aroma estranho, mais forte, em seguida rocei a língua na fina membrana lateral do gomo, apertei-o de leve, e as gotículas que dali emanavam sabiam mais à Graziella que à fruta. Aí ela me mandou mastigar e engolir o gomo sem cuspir os caroços. Lambi os beiços e agradeci de novo, mas agora eu não podia mesmo me demorar, pois minha mãe seria capaz de ir embora sem mim. A fim de me tranquilizar, ela decidiu agilizar o processo me oferecendo os gomos de dois em dois. O primeiro par de gomos já me chegou à boca bastante umedecido, e o provei olhando para a Graziella, que estava de olhos fechados. Com o segundo par, aprendi a passar e repassar a língua entre os dois gomos com delicadeza, cuidando de não romper o fiapo de pele que os unia. Quando sobrou um último gomo, ela enfiou as unhas na sua borda e o virou pelo avesso feito uma flor. Ao chupar o gomo aberto, untado com líquidos de Graziella, compreendi a inquietação que eu sentia entre as pernas cada vez que pensava na signorina Grazia. Avancei sobre a Graziella e lhe tasquei um beijo de língua, copiando o casal de brasileiros que eu tinha visto outra noite no restaurante. A Graziella me pediu mais um, e mais um, e mais um, e foi aí que começaram a dobrar os sinos, repicavam os sinos de todas as igrejas de Roma ao mesmo tempo. Ao atinar que era meio-dia interrompi nosso último beijo, mas a Graziella mordeu meu lábio inferior e não tinha jeito de soltá-lo. Quando me levantei da relva ela veio junto colada em mim, e ao afastá-la com rispidez, me pareceu ter deixado um naco do meu lábio entre seus dentes. Na corrida para casa, levei a mão à boca lacerada e a luva de lã ficou empapada de sangue. Com gosto de sangue na boca eu me perguntava se é assim mesmo que um menino vira homem.

25.

Ao chegar à Via San Marino vejo partir do número 12 uma van prateada. Um velhinho com bafo de álcool e voz de barítono dá vivas a Mussolini e tromba comigo a dois passos do portão. Trôpego, se agarra na minha camisa e mal me deixa chegar ao interfone, que toca, toca e ninguém atende. Resolvo dar uma volta, e na esquina da San Marino com o Viale Gorizia, onde havia uma quitanda funciona agora uma loja de antiguidades. Através da vitrine vejo um porta-retratos com fotos de gente antiga, vejo bandejas e candelabros de prata, vejo uma coleção de bengalas em porta-bengalas de cerâmica, vejo quepes, dólmãs, medalhas, uniformes militares, e vejo o jovem antiquário que olha para mim. Penso em entrar na loja para fazer hora, mas a postura do antiquário não me parece amistosa. Então me vejo refletido na vitrine, a cara de noite maldormida e a roupa amarrotada de quem passou no hotel só para deixar a bagagem. À parte eu e o velho bêbado, reparo que as pessoas andam mais aprumadas do que no tempo em que morei neste bairro. Passam rapazes com trajes de executivo, passam mulheres de tailleur ou de terninho, e agora passa por mim uma negra esguia numa túnica africana, com cabelos trançados e uma grande bolsa de grife ou similar. Caminha empertigada a passos largos na direção do meu antigo prédio, um dos poucos remanescentes dos anos 50. Não duvido que de antigo só lhe tenha restado a casca, pois às vezes se preservam fachadas com algum valor histórico para quebrar tudo por dentro, no que os arquitetos chamam de retrofit. Sigo a moça o mais rápido que posso, querendo crer que meu velho apartamento ainda exista e curioso de saber se é ela a atual moradora. Ela de fato para em frente ao número 12, revira a bolsa de couro, e nisso o bêbado a interpela erguendo o braço direito com a saudação fascista. Quase o dobro do tamanho dele, ela o encara e grita umas palavras, talvez num dialeto da sua terra, que têm o condão de afugentar o velho. Com um cartão magnético ela abre o portão pivotante que vai se fechando automaticamente após sua passagem. Contenho no limite o portão pesado e já não vejo lá dentro sinal da mulher.

De repente, de modo vertiginoso, a tênue lembrança do interior do prédio se materializa diante de mim com toda a evidência. Ali está o pé-direito alto, as paredes creme, ali está o cheiro de alho e coentro, ali está o eco dos meus passos, ali estão os oito degraus da escada de mármore e a passadeira vermelha até o elevador, com porta art déco de ferro e vidro. E sobretudo ali à direita está a porta da minha casa, de madeira maciça mais escura que o portão da rua. Do seu lado esquerdo está a campainha, que possivelmente caducou com o advento do interfone. E antes que eu crie coragem para bater à porta, escuto a voz da moça africana a me indagar o que desejo. Mas sua voz não vem do apartamento e sim de trás de mim, onde a vejo recém-saída de um cubículo no vão de escada. Trocou a túnica estampada por um macacão de moletom, usa uma touca de rede e chinelos de feltro, e com discreto sotaque francês me informa que o apartamento 2 está sem morador há tempos. Congolesa?, arrisco, mas não, ela é do Senegal, e sem mentir digo que passei por Dacar quando menino, tentando ganhar a confiança de Nadine, o nome dela. Quero saber como faço para visitar o apartamento, mas Nadine me vira as costas, não pode ficar de conversa durante o serviço. Ela mal cabe no estreito elevador carregando um balde azul de plástico com água até a metade, mais um frasco de detergente, um pano de chão, um esfregão e uma vassoura. Chamo o elevador de volta e subo ao quarto andar, onde Nadine varre o assoalho de tacos entre os apartamentos 7 e 8. Parece escutar música nos fones de ouvido, e quando cutuco seu ombro e lhe proponho um café depois do expediente, ela se ofende e diz que é comprometida. Protesto, não estou de brincadeira nem tenho mais idade para assediar mocinhas, mas ela me manda falar baixo pois a senhora Catanzaro trabalha em casa e não pode ser incomodada. Prontamente a senhora Catanzaro abre uma fresta da porta do apartamento 8 e pergunta que diabo está sucedendo. Assumo a culpa pelo transtorno e vejo pela fresta metade da sua cara: uma mecha de cabelos crespos agrisalhados, um olho direito castanho-claro e a bochecha atravessada pela corrente da fechadura, que de relance me pareceu uma cicatriz com queloide. Ela não conhece os proprietários do apartamento 2, só ouviu dizer que ele pertence a uma sociedade anônima. Fecha a porta sem se despedir, e por um minuto fico na expectativa de que a reabra por inteiro depois de soltar a corrente. Ao descer no elevador envidraçado, vejo Nadine de cócoras esfregando um pano no rodapé da escada. Antes de sair, bato três vezes na porta do meu apartamento, menos com esperança do que por superstição.

Uma vez na rua, me arrependo de ter saído. Toco o interfone do apartamento 3, do 7, do 5, ninguém responde, e no 6 uma criança atende e desliga ao ouvir meu bom-dia. No 8 atende a senhora Catanzaro e me desculpo, foi engano, mas aproveito para lhe comunicar que estou hospedado no hotel Mercure, para o caso de ela ter mais alguma notícia do apartamento 2. *Va bene, va bene*, ela fala antes de desligar, e me encosto no portão à espera de Nadine. Os sinos dão meio-dia, saiu um sol de primavera, o sono começa a bater e por fim me sento na soleira, sujeito a passar por um mendigo. Penso na minha mulher, nas minhas filhas, nas pessoas próximas que deixei no Rio sem aviso para não ter de explicar o que vinha fazer em Roma. Com as pálpebras mais e mais pesadas penso na Fontana di Trevi, na senhora Catanzaro, no papa Francisco, em Lucrécia Bórgia, na estátua equestre de Garibaldi, nas cobras na cabeça da Medusa, no rabo de peixe de Tritão, em Rômulo e Remo mamando na loba, no meu pai falando latim com o antiquário, e me assusto com a voz de Nadine pedindo licença; eu não tinha notado o velho bêbado roncando ao meu lado na soleira. Nadine cava espaço com os pés entre nós dois, não atende ao meu chamado e entra com sua elegância no prédio vizinho de número 14, onde deve haver outro cubículo para ela trocar e destrocar de roupa. Após meia hora sai do 14, entra no 16 e está definitivamente decidida a me ignorar. Sigo pela San Marino, viro à direita na Via Gradisca e na segunda quadra está o hotel Mercure, um prédio remodelado ou de construção recente.

 Este não é o melhor hotel de Roma, mas me faz sentir perto de casa e tem um terraço privativo onde posso fumar. Peço no quarto uma focaccia com presunto de Parma, meia garrafa de vinho branco e um maço de Chesterfield. Já de banho tomado, barba feita e roupa limpa, sou cumprimentado em inglês na recepção do hotel. Num italiano esmerado, vibrando os erres duplos, mando chamar um táxi cujo motorista me faz repetir o endereço: 796, Via Aurelia 796. O motorista é um senhor de meia-idade que, depois de me examinar pelo espelho, pergunta se porventura sou um artista. Ele é espectador assíduo da TV

2000, onde há um programa de entrevistas dedicado a atores e músicos veteranos. E não só artistas, mas celebridades em geral, tanto que outro dia mesmo ele levou um ex-líbero da Roma aos estúdios da Via Aurelia. Respondo que na verdade estou me dirigindo à Notre Dame International School, ao que ele meneia a cabeça negativamente: aquela escola católica não existe mais desde fins do século passado, quando seus estabelecimentos deram lugar ao canal de TV 2000. A notícia não chega a me abalar, pois eu não precisava visitar a escola para recordar com minúcias o que vivi lá dentro. Peço ao taxista que me deixe ali mesmo no Corso Trieste, na esquina onde havia um restaurante que nossa família frequentava, convertido em agência da Caixa Econômica. Não sendo mais criança, cansei de ver edifícios velhos substituídos por contemporâneos, ou edifícios modernos hoje decrépitos. Perturbador é ver no canteiro central da avenida pinheiros iguais a eles mesmos setenta anos atrás. Tomo o Viale Gorizia e retorno à Via San Marino, pois me esqueci de informar à senhora Catanzaro meu nome e o número do meu quarto de hotel. Ela atende ao interfone irritada, farta de ser interrompida a toda hora em suas leituras. Peço perdão, pois admiro e respeito quem tem a leitura como ofício; viciado em literatura, presumo que ela passe os dias avaliando originais de romances para alguma editora. Então invento uns escritos de minha autoria que eu me atreveria a traduzir e submeter à sua apreciação, mas o que ela tanto lê são pareceres jurídicos e processos administrativos. É claro que nas horas vagas a Catanzaro ocasionalmente espairece com leituras mais ligeiras, e daí lhe confidencio meu velho projeto de escrever um livro de memórias romanas. Se este livro calhar de ser publicado em italiano, tomarei a liberdade de lhe remeter um exemplar pelo correio. Assim ela haverá de compreender minha obsessão pelo apartamento onde vivi dois anos da minha infância, objetivo da minha vinda do Brasil. Brasil? Pela minha pronúncia ela jurava que eu era búlgaro. Seu fraseado límpido, escandindo as sílabas como quem passa um ditado, me traz à memória a signorina Grazia, professora de italiano do meu pai. Na época eu tinha medo de que ele fugisse com ela para Nápoles, onde fixaria residência e criaria outros sete filhos.

26.

Jet lag, adrenalina, insônia, e com um ou dois comprimidos de Zolpidem me esqueci de fechar as cortinas. Acordei com o sol na cara, tomei mais um sonífero e só me levanto no meio da tarde: 16h16. O celular no modo avião me serve somente de relógio de cabeceira, nem o alarme eu aciono para não esbarrar numa tecla errada. Não gostaria de dar de cara com uma enfiada de mensagens por responder, nem de constatar que não me mandaram mensagem alguma. Peço ao room service uma focaccia com presunto de Parma, meia garrafa de Pinot Grigio e um maço de Chesterfield. Faço a barba, tomo banho e mando chamar um táxi que me leve à galeria da Piazza Colonna, onde me lembro de uma grande livraria chamada Hoepli, depois Rizzoli, depois Feltrinelli, em suma, um bom lugar para me perder um pouco. O taxista me toma por um turista incauto e se põe a circular pela cidade, o que a princípio não me desagrada. Contornamos a Piazza Navona, cruzamos o Pantheon, avistamos a coluna de Marco Aurélio mas vamos parar na beira do Tibre, onde atravessamos uma ponte, voltamos por outra, e da terceira vez que passamos pela Piazza di Spagna pago a corrida e agradeço. Da praça à igreja de Trinità dei Monti são cento e trinta e cinco degraus que me lembro de subir de três em três, apostando corrida com meus irmãos. Eis uma façanha que eu hoje não poderia repetir, não só por causa da artrose nos joelhos; a escadaria está cheia de jovens estudantes e mochileiros, deitados com a cabeça no colo uns dos outros, fumando maconha ou entornando latas de cerveja. Enfrento a escalada de viés com duas pausas a meio caminho e chego ofegante lá no alto. O coração disparado, porém, atribuo à visão do pôr do sol, refletido nos muros cor de ocre e no rosto das adolescentes que me lembram a irmã que perdi.

Bicicletas niqueladas eles não têm, muito menos com pneus brancos. Mas ali mesmo no Pincio aluguei uma azul metálica sem marcha com que desço a Villa Borghese em boa velocidade, quase me aventurando a soltar as mãos do guidom. Já fora da zona de pedestres, no meio do trânsito nervoso da cidade, ziguezagueio a custo entre os carros no engarrafamento, me apoiando nos capôs, esbarrando em espelhos retrovisores, ouvindo buzinas e palavrões dos motociclistas, até alcançar avenidas largas que percorro com a cara ao vento ao sabor da bicicleta. Vou simplesmente me deixando levar, como tantas vezes me deixei levar aonde eu queria, e aqui relembro a valsa que dancei com a estonteante atriz Alida Valli. Reconheço no bairro do Parioli o prédio onde ela morava, e o seu apartamento está todo iluminado. Penso que seu filho Carlo ficaria de queixo caído ao me abrir a porta, mas logo me dou conta de que ele morreu não muito depois dela. A noite caiu sem que eu percebesse, e com as pernas dormentes largo a bicicleta na calçada da igreja da Piazza Euclide. Embarco no primeiro ônibus, o 168, que por acaso me deixa nas proximidades do Corso Trieste.

Passando pelo meu prédio cismo de tocar o interfone do apartamento 8, e atende uma voz de homem com pigarro. Pergunto quem é, e ele: Catanzaro; prefiro não perguntar pela senhora. Na Via San Marino silenciosa e mal iluminada, um menino de calças curtas passa correndo por mim. Estaca, olha para trás e vira à direita na Via Gradisca, o mesmo caminho do meu hotel. Ao dobrar a esquina o vejo de camisa aberta encostado num poste, assobiando uma música que me parece inventada na hora. Ele deve ter uns dez anos de idade e quando me aproximo, me fita como se me conhecesse. A mim também ele não é estranho e quase lhe digo oi, quase lhe pergunto se não é brasileiro. Daí ele sai correndo de novo, vira à esquerda na Via Parenzo, e já não o vejo ao chegar à esquina, só escuto um assobio, mas às vezes escuto assobios no fundo do silêncio. Sigo pela Via Gradisca até a portaria do hotel e escolho ir adiante, porque a noite refrescou e ainda não tenho sono. A Gradisca termina na Via Tolmino, das poucas ruas do bairro em que nunca caminhei. Caminho nela até o cruzamento com a Via Bolzano, onde me surpreendo cara a cara com o menino. No instinto faço meia-volta, e o ouço andando atrás de mim a me perguntar o que é que eu quero com ele:

— *Cosa vuole da me?*

Acelero em direção ao hotel e o menino já grita no meio da rua:

— *Cosa vuole da me? Cosa vuole da me?*

O porteiro da noite sai à calçada, me pergunta em inglês se estou sendo importunado e o menino agora fala aos berros que não vai para o hotel:

— *All'albergo non ci vado! All'albergo non ci vado!*

Subo ao quarto, molho a cara e saio ao terraço para fumar. Mas o terraço dá para a rua e ao acender o cigarro escuto a gritaria lá embaixo:

— *Cosa vuole da me? Cosa vuole da me? All'albergo non ci vado!*

27.

O toque do telefone me alvoroça, temo que alguém no Brasil tenha descoberto meu paradeiro. Ao abrir os olhos, porém, compreendo que a chamada só pode ser do próprio hotel: a telefonista me transfere a ligação da senhora Catanzaro, que gostaria de me falar pessoalmente. Espero que não seja alguma encrenca com o marido, pois também sou casado e nunca tive a intenção de me insinuar para os lados dela. Ela me abre o portão do prédio pelo interfone e atende à campainha franqueando uma fresta da porta. Mantém a trava com a corrente esticada, mas fez escova nos cabelos e a sombra com que maquiou a pálpebra direita esverdeia seu olho castanho. Com uma voz sussurrante me confia suas informações sobre o apartamento 2: graças às suas relações com advogados do escritório provincial de Roma, veio a saber que o imóvel está registrado em nome de uma empresa russa. Do que se ocupa a empresa em Roma não foi possível averiguar, mas a senhora Catanzaro me segreda suas suspeitas de que aqueles russos estejam metidos com espionagem ou algum tráfico clandestino. Segundo seus colegas na prefeitura, contudo, o imóvel foi comprado há alguns anos provavelmente com finalidades especulativas. À espera de melhores índices na economia o apartamento permanece desocupado, mas ela acredita que mediante um ágio razoável os proprietários estarão abertos a considerar uma proposta. Embora não seja corretora de imóveis, se oferece de bom grado para intermediar as tratativas, pois a ter como vizinha a máfia russa, prefere conviver com um escritor sul-americano. Solto uma risada e esclareço à Catanzaro que nunca tencionei comprar nem alugar o apartamento, para mim é suficiente espiá-lo por alguns minutos. Nesse caso, ela diz que eu não deveria ter abusado do seu tempo e da sua boa vontade, bastava falar com a negra, que tem as chaves, faz a faxina e caça ratos no apartamento 2. A senhora Catanzaro bate a porta com um estrondo que ecoa do quarto andar ao poço do elevador.

Eu só queria observar o apartamento, andar dentro dele, sentir sua atmosfera, mais propriamente recordar e compreender certo acontecimento que do lado de fora não alcanço. Ignoro se Nadine é dada a leituras, mas lhe revelo que estou escrevendo uma novela situada em grande parte no apartamento cujas chaves estão com ela. Em algum cômodo que à distância tenho dificuldade em precisar, deu-se um episódio da minha infância que jazia semioculto na minha mente. Talvez uma violência, não sei, um acontecimento que morreu ali, ninguém jamais o mencionou no resto do tempo que vivi em Roma, nem depois, nem pela vida afora. O certo é que nunca mais ousei entrar naquele recinto, onde talvez tenham sobrado respingos de sangue, ou não. Quando partimos para o Brasil, novos inquilinos devem ter alugado o apartamento e sem dúvida o lavaram e pintaram antes de o ocupar. Porém mais cedo ou mais tarde os antigos proprietários terão morrido, e pode ser que, como é comum em tantas boas famílias, os herdeiros travassem na Justiça uma implacável disputa pelo espólio, deixando o imóvel se deteriorar com o abandono. Quem por fim o arrematasse em leilão ou o adquirisse na bacia das almas, não o habitaria sem antes trocar a fiação e o encanamento, substituir o piso, rebaixar o teto, talvez montar uma cozinha americana e transformar os quartos em suítes com closet e banheiro. Mas ainda assim terei de cabeça a planta original, e se Nadine se dignasse a me abrir a porta do apartamento, eu poderia caminhar por ele como um fantasma a atravessar paredes. E se na derradeira reforma por acaso tiverem botado tudo abaixo, a fim de transformar o apartamento num imenso loft, serei capaz de percorrer sua superfície como um sapador de minas terrestres, confiante em detectar o ponto exato onde a coisa aconteceu, quero dizer, o local onde desci aos infernos. Mas se já é penoso tratar de assunto tão íntimo com uma recém-conhecida, que dirá fazê-lo em movimento, suando para acompanhar a passada de Nadine e interrompendo a narrativa cada vez que ela entra num prédio. Viemos de porta em porta pela calçada ímpar da Via San Marino, e ela só para em frente ao prédio 41 porque marcou um encontro com sua companheira na esquina da Via Bellinzona. Ali ela me diz que não está autorizada a abrir o apartamento para ninguém e não se arriscaria por nada a perder aquele emprego. E pega a trocar mensagens no celular até que um Fiat Cinquecento encosta no meio-fio e dá duas buzinadas. Dentro do carro da amiga, suponho que ela fale do vetusto homem branco que a abordava, um escritor atormentado por recordações da infância. Se não tivesse mais o que fazer, no futuro quem sabe ela ditaria suas mais recônditas memórias do Senegal para o escritor atormentado.

28.

Ao chegar à Via San Marino 12 vejo uma van prateada fechando a saída do estacionamento. O velho bêbado dá vivas a Mussolini diante de um chofer impassível, de sentinela ao lado da van com um uniforme escuro de botões dourados. Ontem fui burro, eu não devia ter feito pouco da senhora Catanzaro, e agora ensaio uma reaproximação lhe trazendo um buquê de rosas. Toco o interfone sem descanso, e quando por fim ela atende, lhe transmito meu humilde pedido de desculpas, simbolizado nas rosas vermelhas que pretendo lhe entregar em mãos. Sem resposta, me declaro disposto a fazer uma generosa oferta pelo apartamento, desde que o possa visitar para verificar seu estado. Após um demorado silêncio, o portão se abre e lá de dentro me chegam umas gargalhadas e um vozerio em idioma que não identifico. Logo saem à calçada dois senhores aparentemente russos com traços mongóis, um barrigudo ajeitando as calças e outro de terno com a gravata frouxa e uma garrafa na mão. Atrás deles vêm, pela ordem, duas eslavas de braço dado, uma talvez filipina com maquiagem borrada, uma falsa loura quiçá brasileira com a saia pelo avesso, uma travesti de shortinho e uma húngara que me diz obrigada em húngaro e surrupia uma rosa do buquê. O chofer já abriu as portas da van onde todos bem ou mal se acomodam, e assim que o carro dá a partida, Nadine surge na esquina do Viale Gorizia.

Nadine abre o portão sem responder ao meu cumprimento, mas não pode me impedir de entrar no prédio na sua cola. E quando deixa o cubículo de moletom, chinelos e touca, trazendo uns sacos de lixo vazios de plástico preto, me encontra plantado com o buquê em frente à porta do apartamento. Ao lhe estender o buquê consigo o impensável, arrancar um sorriso de Nadine. Mas ela ri por achar graça de eu querer suborná-la com aquelas flores baratas, que despeja num dos sacos de lixo. Abre a porta com a chave de um chaveiro de figa, e pela fresta não enxergo nada, lá dentro está um breu, mas pelo menos o cheiro de mofo do meu velho apartamento permanece intato. Com a ponta do pé escoro a porta, que Nadine não insiste em fechar, pelo contrário, ordena que eu seja rápido. Se eu quiser mesmo olhar o apartamento, que o faça de uma vez, pois aquela gente pode voltar a qualquer instante. Eles sempre esquecem alguma coisa, peças de lingerie, sex toys, chicotes, algemas, lubrificantes, carregadores de celular, o diabo a quatro. Então ela acende a luz, e rever a sala de visitas tal como era, sem tirar nem pôr, me dá uma tremedeira nas pernas. Meus olhos se enchem de lágrimas vendo os afrescos da Capela Sistina no papel de parede da sala inteira. Quando criança eu pouco me detinha naquele ambiente, nunca me sentei em seus sofás de veludo e suas poltronas rococó. Eu morria de medo daquelas figuras nuas e seminuas, principalmente as do teto. O teto traz A Criação de Adão, e onde os dedos de Adão e Deus quase se tocam ainda está fixada a canopla do lustre que Nadine acendeu. Agora ela abre as janelas, cata copos e cinzeiros no chão, deita garrafas nos sacos de lixo e some lá para dentro. Da porta de entrada reconheço as laterais da sala, que representam cenas da vida de Moisés e de Jesus Cristo, e ao fundo avisto um vestígio do telefone de parede marcando o papel de parede que retrata o Dia do Juízo Final. Se o resto do apartamento estiver igualmente preservado, logo à esquerda estará o lavabo e à sua frente o corredor que leva ao escritório, à porta da casa de Nero e aos sucessivos quartos até a cozinha e a área de serviço. No entanto, não consigo arredar pé daquele umbral, não consigo ultrapassar o batente da porta escancarada. Meu corpo oscila, recuo, me pego a andar para trás. Sinto que é a minha mãe me puxando pela gola.

29.

Solicito ao room service um maço de Chesterfield, uma garrafa de Johnnie Walker e um balde de gelo. Tiro a camisa, vou beber no terraço e depois do terceiro uísque tomo a decisão de ficar morando em definitivo no hotel Mercure. O gelo derrete, dou umas talagadas de uísque puro, e quando começa a chover vou para a cama ver televisão. O canal 2000 transmite uma missa, mas pulando de canal em canal dou com a reprise de uma partida do campeonato italiano. O jogo vai ficando lento, os jogadores parecem cansados e pouco a pouco me ponho a pensar na Capela Sistina. Penso no Juízo Final, nos corpos subindo aos céus, nos corpos descendo aos infernos, nos anjos e demônios disputando corpos, nos esqueletos se levantando dos sepulcros, no barqueiro do inferno, no fogo eterno, e acordo com a boca seca. Ordeno ao room service que me traga uma garrafa grande de água San

Pellegrino e algo de comer. Não importa, uma bisteca, uma lasanha, qualquer coisa para matar a fome, além de vinho tinto e se possível também um cálice de grapa. Eles me mandam uma focaccia com presunto de Parma e uma garrafa de Brunello di Montalcino, que saboreio assistindo a uma resenha sobre futebol. Mando chamar um táxi, e sem que eu peça o porteiro abre um guarda-chuva e me ajuda a subir no carro. Peço ao motorista que me deixe em qualquer lugar. Sim, em qualquer lugar, e ele me deixa na Piazza Colonna: *va bene?* Entro na Galleria Colonna, rebatizada com o nome de Alberto Sordi, comediante que por sinal foi muito próximo da minha amiga Alida Valli. Turistas entram e saem das lojas carregando sacolas, e à porta de uma confeitaria escuto vozes brasileiras. Receio que me reconheçam, que me perguntem se estou em turnê, se vou me apresentar em algum teatro. Se eu disser que no momento me dedico à literatura, vão achar que é cascata, talvez contem no Brasil que me viram cambaleando em Roma. Sigo em direção a uma livraria, onde eu dificilmente toparia com turistas brasileiros, mas a megaloja de três andares que eu conhecia agora se chama Uniqlo e se bem entendi vende roupas japonesas descartáveis. Caminho debaixo de chuva pela Via del Corso e entro para tomar uma grapa num café onde me lembro de ter bebido com refugiados brasileiros no tempo da ditadura. Deve passar de oito da noite, três da tarde no Rio, e se estivesse por lá a essa hora eu daria um mergulho em Ipanema. Ou quem sabe estaria recluso num quarto esfumaçado a fim de adiantar meu livro, no qual eu simularia estar em Roma tomando uma grapa num café sinistro que frequentei no tempo da ditadura. Se tivesse um telefone eu poderia ligar agorinha para a minha mulher, que depois de quase uma semana talvez começasse a dar por minha falta. Saio andando ao léu, percorro becos escuros e venho parar na beira da Fontana di Trevi. Não sou supersticioso, acho idiota esse negócio de jogar moedas na fonte como garantia de voltar a Roma. Mas pelo sim, pelo não, sempre joguei e até aqui deu certo. Só que desta vez revisto os bolsos, me apalpo todo e não tenho moedas. Amanhã ou depois voltarei à Fontana com um punhado de euros, não posso morrer sem vir mais uma vez a Roma. Decido regressar ao hotel a pé, o que não deve dar nem uma hora. À altura da Porta Pia a chuva esmorece e já estou sóbrio, toparia até tomar uma saideira se achasse um bar aberto. Do Corso Trieste corto caminho pelo Viale Gorizia e na esquina da Via San Marino paraliso. É o velho bêbado quem canta com um fiapo de voz:

Tu pensi que cachaça è acqua?
Cachaça non è acqua, no
Cachaça…

— Amadeo?
— Brasiliano.
O velho é mesmo ele, o Amadeo, filho do quitandeiro, deitado na soleira da loja de antiguidades.

Repito baixinho seu nome, tenho ímpetos de abraçá-lo, me sento no chão molhando os fundilhos e chacoalho sua cabeça. Queria lhe dizer que ele será sempre meu melhor amigo em Roma, mesmo tendo se tornado esse traste, mesmo tendo desgraçado a vida a esse ponto, mas as palavras me faltam em italiano e só consigo lhe perguntar pela bola do Ghiggia. Ele me olha com olhos vidrados, e tenho a impressão de que está morrendo. Pergunto se está com frio, se quer que eu chame uma ambulância, mas ele suspira e fecha os olhos. Ainda respira com dificuldade, começa a arfar, parece querer dizer alguma coisa. Súbito, com seu vozeirão de barítono, me manda voltar para o meu país:

— *Torna al tuo paese, figlio di puttana.*

31-04-2024
Fiumicino, Roma.
Volo ITA AZ 672 destinazione Rio de Janeiro.

Francisco,
    I must say that I have enjoyed you, despite the fact that I occaisionally felt it necessary to make you stare into an empty hall.
    When enough time has passed for you to be grown up I will look for stories and novels written by J.B. de Hollanda.
    With affection,
    Miss Tuttle

1707 Proctor Dr.
Santa Rosa, Calif. U.S.A

Agradecimentos

Maria Emilia Bender
Márcia Copola
Lucila Lombardi
Carol Proner
Max e Carola De Tomassi

Sobre o autor

Francisco Buarque de Hollanda nasceu no Rio de Janeiro, em 19 de junho de 1944. Em 1946, mudou-se com os pais, o historiador e sociólogo Sérgio Buarque de Hollanda e Maria Amélia Cesário Alvim, e os irmãos para São Paulo, onde o pai passou a atuar como diretor do Museu do Ipiranga. Em 1953, Chico e a família se mudam novamente, dessa vez para a Itália, onde moram por dois anos.

Compositor, cantor e ficcionista, é autor das peças *Roda viva* (1968), *Calabar*, escrita em parceria com Ruy Guerra (1973), *Gota d'água*, com Paulo Pontes (1975), e *Ópera do malandro* (1979); da novela *Fazenda modelo* (1974) e do livro infantil *Chapeuzinho amarelo* (1979). Ao publicar *Estorvo* (1991), seu primeiro romance, Chico se consagrou como um dos grandes prosadores brasileiros. Dele, a Companhia das Letras lançou *Benjamim* (1995), *Budapeste* (2003), *Leite derramado* (2009), *O irmão alemão* (2014), *Essa gente* (2019) e *Anos de chumbo e outros contos* (2021). Em 2019, venceu o prêmio Camões pelo conjunto da obra.

Copyright © 2024 by Chico Buarque

Grafia atualizada segundo o Acordo Ortográfico da Língua Portuguesa de 1990, que entrou em vigor no Brasil em 2009.

Capa e projeto gráfico
Raul Loureiro

Foto de capa
Acervo Chico Buarque/ Instituto Antonio Carlos Jobim

Imagens de miolo
Acervo pessoal/ Reprodução de Bel Pedrosa

Preparação
Márcia Copola

Revisão
Ana Alvares
Thaís Totino Richter

Dados Internacionais de Catalogação na Publicação (CIP)
(Câmara Brasileira do Livro, SP, Brasil)

Buarque, Chico
    Bambino a Roma : Ficção / Chico Buarque. —
1ª ed. — São Paulo : Companhia das Letras, 2024.

ISBN 978-85-359-3876-0

1. Ficção brasileira I. Título.

24-208810   CDD-B869.3

Índice para catálogo sistemático:
1. Ficção : Literatura brasileira B869.3
Cibele Maria Dias – Bibliotecária – CRB-8/9427

Todos os direitos desta edição reservados à
EDITORA SCHWARCZ S.A.
Rua Bandeira Paulista, 702, cj. 32
04532-002 — São Paulo — SP
Telefone: (11) 3707-3500
www.companhiadasletras.com.br
www.blogdacompanhia.com.br
facebook.com/companhiadasletras
instagram.com/companhiadasletras
x.com/cialetras

Esta obra foi composta por Raul Loureiro
em Bembo e impressa em ofsete pela
Geográfica sobre papel Polén Bold da Suzano S.A.
para a Editora Schwarcz em julho de 2024

A marca FSC® é a garantia de que a madeira utilizada na fabricação do papel deste livro provém de florestas que foram gerenciadas de maneira ambientalmente correta, socialmente justa e economicamente viável, além de outras fontes de origem controlada.